Der Leinwandmesser

Leo Tolstoi

Der Leinwandmesser

Die Geschichte eines Pferdes

Aus dem Russischen von
Hermann Röhl

Edition Ahrend & Wegner

Edition Ahrend & Wegner
Herausgegeben von Jürgen Müller

www.ahrendwegner.de

Korrektorat: Benjamin Wuttke
Satz und Umschlaggestaltung: Jürgen Müller
Gesetzt aus der Minion Pro von Robert Slimbach
Herstellung und Verlag: BoD – Books on Demand, Norderstedt
Alle Rechte vorbehalten, Copyright © 2015
ISBN 978-3-7347-8223-7

Die Wiedergabe des Textes folgt der 1913
im Insel-Verlag, Leipzig, erschienenen Ausgabe.

I.

Immer höher und höher schien sich der Himmel zu heben, immer weiter breitete sich die Morgenröte aus, immer weißer wurde der matte Silberschimmer des Taues, immer glanzloser die Mondsichel, immer vernehmlicher das leise Rauschen des Waldes… Die Menschen begannen, sich vom Lager zu erheben, und im herrschaftlichen Gestüt hörte man immer häufiger Schnauben, Stampfen im Stroh und sogar zorniges, kreischendes Wiehern der Pferde, die sich zusammendrängten und um etwas stritten.

»Na, na! Immer Geduld! Seid wohl hungrig geworden?«, sagte der alte Pferdehüter, während er rasch das knarrende Tor öffnete. »Wohin?«, schrie er und scheuchte eine Stute, die sich durch das Tor drängen wollte, mit dem ausgestreckten Arm zurück.

Der Pferdehüter Nestor trug einen Kosakenrock und um den Leib einen ledernen, rot ausgenähten Gurt; die Peitsche hatte er um die Schulter geschlungen; am Gurt hatte er einen Beutel mit Brot hängen. In den Händen hielt er einen Sattel und Zaumzeug.

Die Pferde waren über den spöttischen Ton des Pferdehüters ganz und gar nicht erschrocken, fühlten sich auch nicht dadurch gekränkt; es sah aus, als ob sie sich gar nichts daraus machten, und sie gingen ruhig von dem Tor weg. Nur eine alte dunkelbraune, langmähnige Stute legte das eine Ohr an und drehte sich schnell mit dem Hinterteil herum. In diesem Augenblick kreischte eine junge Stute, die ganz hinten stand, und die das Ganze gar nichts anging, laut auf und schlug mit den Hinterfüßen gegen das erste beste Pferd aus, das in ihrer Nähe war.

»Na, na!«, schrie der Pferdehüter noch lauter und drohender und begab sich in eine Ecke des Hofes.

Von allen Pferden, die sich auf dem Hof befanden – es mochten ihrer etwa hundert sein –, zeigte die geringste Ungeduld ein scheckiger Wallach, der alleine für sich in der Ecke unter dem Vordach eines Schuppens stand und, die Augen halb zukneifend, an einem eichenen Pfosten des Schuppens leckte.

Es war schwer zu sagen, welchen Genuss der scheckige Wallach daran fand; aber er machte, während er das tat, eine ernste nachdenkliche Miene.

»Was machst du da für Dummheit!«, rief ihm der herantretende Pferdehüter zu; dann legte er den Sattel und die fettglänzende Schweißdecke neben ihn auf einen Düngerhaufen.

Der scheckige Wallach hörte auf zu lecken und sah, ohne sich zu regen, den Pferdehüter lange an. Er lachte nicht, er wurde nicht zornig, er machte keine finstere Miene; sondern er schüttelte sich nur mit dem ganzen Leib und wandte sich mit einem schweren, tiefen Seufzer ab. Der Pferdehüter fasste ihn um den Hals und legte ihm das Zaumzeug an.

»Was hast du denn zu seufzen?«, fragte Nestor.

Der Wallach schwenkte den Schweif, als wollte er sagen: »Ach, ich habe das bloß so in Gedanken getan; etwas Besonderes habe ich nicht, Nestor!« Nestor legte ihm die Schweißdecke und den Sattel auf, wobei der Wallach die Ohren an den Kopf legte, doch wohl um sein Missvergnügen auszudrücken; aber er wurde dafür nur »Du Aas!« geschimpft, und der Untergurt wurde festgezogen.

Dabei blies der Wallach sich auf; aber Nestor steckte ihm einen Finger in das Maul und stieß ihn mit dem Knie gegen den Bauch, sodass er ausatmen musste. Trotzdem legte er, als dann Nestor den Obergurt mit den Zähnen anzog, noch einmal die Ohren zurück und sah sich sogar um. Obgleich er wusste, dass ihm das nichts half, hielt er es doch für notwendig, zum Ausdruck zu bringen, dass ihm das unangenehm sei, und dass er es sich nicht nehmen lasse, das zu zeigen. Als er gesattelt war, setzte er den geschwollenen rechten Vorderfuß seitwärts heraus und begann am Gebiss zu kauen, auch wieder mit irgendeinem besonderen Hintergedanken; denn dass das Gebiss seinen Geschmack habe, musste er schon lange wissen.

Nestor stieg mittels des kurzen Steigbügels auf den Wallach, wickelte die Peitsche los, zog seinen Rock unter dem Knie hervor, setzte sich auf den Sattel in der besonderen Art der Kutscher, Jäger und Pferdehüter zurecht und zog die Zügel an. Der Wallach hob den Kopf in die Höhe und bekundete damit seine Bereitwilligkeit, zu gehen, wohin es ihm befohlen würde, rührte sich aber nicht vom Fleck. Er wusste, dass, ehe es losging, sein Reiter noch ein großes Geschrei vollführen und dem anderen Pferdehüter Waska und den Pferden noch allerlei Weisungen erteilen werde. Und wirklich begann Nestor zu schreien: »Waska! He, Waska! Hast du auch die Mutterstuten herausgelassen? Wohin gehst du denn, verfluchter Kerl? Hoho! Du schläfst wohl. Mach das Tor auf! Lass die Mutterstuten vorangehen« – und dergleichen mehr.

Das Tor knarrte. Verdrossen und schläfrig stand Waska, ein Pferd am Zügel haltend, beim Pfosten und ließ die Pferde hinaus. Die Pferde, behutsam durch das Stroh schreitend und daran schnuppernd, gingen nacheinander hinaus: junge Stuten, jährige Hengste mit kurzgeschnittenen Mähnen, Saugfohlen und schwerfällige Mutterstuten, diese einzeln und vorsichtig ihre Leiber durch das Tor hindurchtragend. Die jungen Stuten drängten sich mitunter zu zweien und dreien zusammen, legten eine der anderen den Kopf auf den Rücken und beschleunigten ihren Gang im Tor, wofür sie jedes Mal von den Pferdehütern mit Schimpfworten bedacht wurden. Die Saugfohlen liefen manchmal zu den Beinen fremder Mutterstuten hin und wieherten hell auf als Antwort auf den kurzen Lockruf ihrer Mütter.

Eine junge übermütige Stute bog, sobald sie das Tor passiert hatte, den Kopf nach unten und zur Seite, sprang mit dem Hinterteil in die Höhe und kreischte auf; aber sie wagte doch nicht, der alten grauen Fliegenschimmelstute Schuldüba vorzulaufen, die mit ruhigem, schwerfälligem Schritt, den Bauch nach rechts und nach links schaukelnd, würdevoll wie immer allen Pferden voranging.

Nach einigen Minuten lag der vorher so belebte Hof traurig verödet da. Trübselig ragten die Pfosten unter dem leeren Vordach auf, und es war nur zertretenes, mit Mist untermengtes Stroh zu sehen. Wenn auch diese Verödung dem scheckigen Wallach ein längst gewohntes Bild war, so schien sie ihn doch traurig zu stimmen. Langsam, als ob er Verbeugungen machte, senkte und hob er den Kopf, seufzte, soweit es ihm der fest angezogene Sattelgurt erlaubte, und wanderte hinkend mit seinen krummen Beinen, die gar nicht auseinandergehen wollten, hinter der Herde her, indem er den alten Nestor auf seinem knochigen Rücken trug.

»Ich weiß schon, sobald wir auf die Landstraße hinauskommen, wird er Feuer schlagen und sein hölzernes Pfeifchen mit dem Kupferbeschlag und dem Kettchen anzünden«, dachte der Wallach. »Ich freue mich darüber, weil früh morgens, wenn alles betaut ist, dieser Geruch mir zusagt und mancherlei angenehme Erinnerung bei mir wachruft. Verdrießlich ist nur, dass der Alte, sobald er die Pfeife zwischen den Zähnen hat, in allerlei wunderliche Fantasien über sich selbst hineingerät, sich wie ein Held vorkommt und sich schief setzt, unbedingt schief; und gerade auf der Seite, wo er sich hinsetzt, tut es mir weh. Aber mag er es meinetwegen tun; es ist mir nichts Neues, um des Vergnügens anderer willen zu leiden; ich finde sogar schon eine Art von Pferdevergnügen darin. Mag er sich ein Held dünken, der arme Kerl! Er spielt ja die Rolle des Tapferen nur sich selber vor, wenn ihn niemand sieht; meinetwegen mag er auch schief sitzen!« So reflektierte der Wallach und trottete, vorsichtig mit den krummen Beinen auftretend, in der Mitte der Landstraße dahin.

II.

Nachdem Nestor die Herde zum Fluss getrieben hatte, an welchem die Pferde weiden sollten, stieg er von dem Wallach herunter und nahm ihm den Sattel ab. Unterdessen fing die Herde schon an, sich langsam über die noch nicht zertretende Wiese zu verteilen, die mit Tau bedeckt und von dem Dunst überzogen war, der sowohl von ihr wie von dem sie zum Teil umgebenden Fluss aufstieg.

Nestor nahm dem scheckigen Wallach den Zaum ab und kratzte ihm unter dem Hals; als Antwort darauf schloss der Wallach zum Zeichen der Dankbarkeit und des Vergnügens die Augen. »Das hat er gern, der alte Hund!«, sagte Nestor. Indessen liebte der Wallach dieses Kratzen ganz und gar nicht und tat nur aus Zartgefühl so, als ob es ihm angenehm sei. Er schüttelte ein wenig mit dem Kopf, um sein Einverständnis auszudrücken. Aber plötzlich, ganz unerwartet und ohne jede Ursache, stieß Nestor, vielleicht in der Annahme, eine allzu große Vertrautheit könne den scheckigen Wallach zu falschen Vorstellungen von seinem Wert bringen, ohne jede Vorbereitung den Kopf des Wallachs von sich, holte mit dem Zügel aus und schlug den Wallach mit der Schnalle des Zügels sehr schmerzhaft gegen das magere Bein. Dann ging er, ohne ein Wort zu sagen die Anhöhe hinauf zu dem Baumstumpf, bei dem er zu sitzen pflegte.

Obgleich diese Behandlung den scheckigen Wallach kränkte, ließ er es sich doch nicht anmerken und ging, indem er langsam den dünnhaarigen Schweif hin und her schwenkte, ab und zu an etwas schnupperte und, nur um sich zu zerstreuen, hier und da etwas Gras abrupfte, zum Fluss hin. Er blickte mit seinem Auge danach, was um ihn her die jungen Stuten, die jährigen Hengste und die Füllen in ihrer Freude über den schönen Morgen anstellten, und da er wusste, dass es, namentlich in seinem Alter, das Gesündeste sei, zuerst auf nüchternen Magen einen tüchtigen Schluck zu trinken und dann erst zu fressen, suchte er sich am Ufer einen geräumigen, sanft abgedachten Platz, trat so weit in den Fluss, dass er sich die Hufe und das Kötenhaar benetzte, steckte sein Maul in das Wasser und begann es mit seinen zerrissenen Lippen einzusaugen, die sich allmählich füllenden Seiten sachte zu bewegen und mit der kahlen Rübe des dünnen, scheckigen Schweifes zu wedeln.

Eine braune, mutwillige Stute, die den Alten immer hänselte und ihm allerlei Schabernack spielte, kam auch hier beim Wasser zu ihm heran, als ob sie gleichfalls trinken wollte, in Wirklichkeit aber nur, um ihm das Wasser vor seiner Nase zu trüben. Aber der Schecke hatte sich schon satt getrunken und zog, wie wenn er die Absicht der braunen Stute gar nicht bemerkte, seine Beine, die tief in den weichen Boden eingesunken waren, ruhig eines nach dem andern heraus, schüttelte mit dem Kopf, ging ein wenig abseits von der Jugend und machte sich daran, zu fressen. Indem er die Beine auf mannigfache Weise auseinanderspreizte und es so vermied, unnötig viel Gras zu zertreten, fraß er, fast ohne jemals den Kopf in die Höhe zu heben, drei volle Stunden lang. Nachdem er sich so vollgefressen hatte, dass ihm der Bauch wie ein Sack von den mageren, derben Rippen herunterhing, stellte er sich gleichmäßig auf alle seine vier kranken Beine, um möglichst wenig Schmerz zu haben, besonders im rechten Vorderfuß, der der schwächste von allen war. Dann schlief er ein.

Es gibt ein würdevolles Greisenalter, es gibt ein hässliches und es gibt ein klägliches Greisenalter. Mitunter kommt es auch vor, dass ein Greisenalter hässlich und würdevoll zugleich ist. Das Greisenalter des scheckigen Wallachs war von dieser Art.

Der Wallach war von hohem Wuchs, nicht kleiner als zwei Arschin und drei Werschok. Von der Farbe war er schwarzscheckig; oder vielmehr er war einstmals so gewesen; aber jetzt waren die schwarzen Flecke schmutzig braun geworden. Solcher dunklen Flecke hatte er drei; der eine war am Kopf, mit einer schiefen Blesse an der Seite der Nase, und reichte bis zur Mitte des Halses. Die lange Mähne, die ganz voll Kletten saß, war an manchen Stellen weiß, an anderen braun. Der zweite Fleck zog sich an der rechten Seite hin bis zur Mitte des Bauches; der dritte befand sich auf der Kruppe, umfasste noch den oberen Teil des Schwanzes und reichte bis zur Mitte der Schenkel. Der übrige Teil des Schwanzes war weißlich-bunt. Der große, knochige Kopf mit den tiefen Einsenkungen über den Augen und der herabhängenden, bei irgendeinem Anlass eingerissenen schwarzen Unterlippe hing schwer und tief an dem vor Magerkeit krummen, wie von Holz aussehenden Hals zum Boden hinunter. Hinter der herabhängenden Lippe wurden die seitlich zwischen die Zähne geklemmte, schwärzliche Zunge und die gelben Reste der durch das Kauen fast ganz zerstörten Unterzähne sichtbar. Die Ohren, von denen das eine zerschnitten war, hingen tief nach den Seiten herab und bewegten sich nur von Zeit zu Zeit lässig, um die zudringlichen Fliegen zu verscheuchen. Ein langer Büschel Schopfhaar hing hinter dem einen Ohr herab; die unbedeckte Stirn war eingesunken und rau; an den breiten Unterkiefern hing die Haut beutelförmig herunter. Am Hals und am Kopf schlangen sich die Adern in Knoten zusammen, die bei jeder Berührung durch eine Fliege zuckten und zitterten. Das Gesicht trug den Ausdruck ernster Geduld, tiefen Nachdenkens und schmerzlichen Leidens.

Seine Vorderfüße waren an den Knien bogenförmig gekrümmt; an den beiden Hufen waren Geschwülste; und an dem einen Vorderbein, an welchem der farbige Fleck bis zur Mitte herabreichte, befand sich beim Knie eine faustgroße Beule. Die Hinterbeine waren etwas weniger defekt, aber an den Schenkeln, offenbar schon seit langer Zeit, abgescheuert, und Haar wuchs an diesen Stellen nicht mehr nach. Alle Beine erschienen bei der Magerkeit der ganzen Gestalt unverhältnismäßig lang. Die Rippen waren zwar derb und kräftig, lagen aber offen sichtbar da und waren so straff von der Haut überspannt, dass es aussah, als sei diese in den Vertiefungen zwischen ihnen angetrocknet. Widerrist und Rücken waren ganz übersät mit den Spuren alter Hiebe, und hinten war noch eine frische geschwollene Stelle, die sich zwar schon mit einem Schorf überzog, aber noch eiterte; die schwarze Rübe des Schwanzes mit dem deutlich erkennbaren Wirbeln ragte lang und beinah kahl hervor. Auf der braunen Kruppe, nicht weit vom Schwanz, befand sich eine mit weißen Haaren bewachsene handgroße Wunde, die anscheinend von einem Biss herrührte. Eine andere, schon vernarbte Wunde war vorn am Schulterblatt sichtbar. Die Hinterbeine und der Schweif waren infolge der steten Magenverstimmung unsauber. So kurz das Haar des Felles war, so stand es doch am ganzen Körper struppig in die Höhe.

Aber trotz des abschreckenden Aussehens, welches das Greisenalter diesem Pferd verliehen hatte, konnte man, wenn man es betrachtete, unwillkürlich nachdenklich werden, und ein Kenner hätte sofort gesagt, das müsse seinerzeit ein auffallend schönes Pferd gewesen sein. Ein Kenner hätte sogar gesagt, dass es in Russland nur einen Schlag gebe, der so ein breites Knochengerüst aufweisen könne und so gewaltige Schenkelknochen und solche Hufe und so schlanke Beine und eine solche Aufsetzung des Halses und vor allen Dingen eine solche Schädelbildung und so große, schwarze, leuchtende Augen und so rassige Aderklümpchen an Kopf und Hals und eine so feine Haut und eine so feine Behaarung.

In der Tat, es lag etwas Würdevolles in der Gestalt dieses Pferdes und in dieser furchtbaren Vereinigung einerseits der abstoßenden Merkmale der Gebrechlichkeit, deren Eindruck durch die Buntscheckigkeit des Felles noch erhöht wurde, und anderseits seiner Gebärden und Manieren und des Ausdrucks von Selbstvertrauen und ruhigem Bewusstsein der eigenen Schönheit und Kraft.

Wie eine lebende Ruine stand das Tier einsam mitten auf der tauigen Wiese, und unweit von ihm erscholl das Stampfen und Schnauben und das jugendfrohe Wiehern und Kreischen der weit zerstreuten Herde.

III.

Schon stieg die Sonne über den Wald empor, und ihre Strahlen blitzten hell auf dem Gras und auf der Oberfläche des sich krümmenden Flusses. Der Tau trocknete und sammelte sich in Tropfen; wie leichter Rauch verschwand der letzte Morgennebel. Krause Wölkchen erschienen am Himmel; aber es ging noch kein Wind. Jenseits des Flusses stand dicht und straff grüner Roggen, der bereits Ähren ansetzte, und es roch nach frischem Grün und Blumen. Aus dem Wald rief der Kuckuck, mitunter dazwischen heiser krächzend, und Nestor zählte, lang ausgestreckt auf dem Rücken liegend, wie viele Jahre er noch leben werde. Die Lerchen erhoben sich über dem Roggenfeld und über der Wiese in die Luft. Ein Hase, der sich verspätet hatte, war zwischen die Pferdeherde geraten, rettete sich in großen Sprüngen ins Freie, setze sich bei einem Busch hin und horchte. Waska schlief, den Kopf mit dem Gesicht ins Gras gedrückt; die jungen Stuten zogen sich ringsumher noch weiter von ihm fort und zerstreuten sich in der Niederung; auch die älteren Stuten schritten weiter, ab und zu schnaubend und eine helle Spur im Tau hinter sich lassend, und wählten sich immer solche Stellen aus, wo sie niemand stören konnte; aber sie weideten nicht mehr, sie fraßen nur zum Vergnügen manchmal ein paar schmackhafte Halme. Die ganze Herde bewegte sich unmerklich nach einer Richtung hin.

Wieder war es die alte Schuldüba, welche, würdevoll den anderen voranschreitend, ihnen klarmachte, dass man weiter weggehen könne. Die junge Rappstute Muschka, die zum ersten Mal gefohlt hatte, wieherte beständig, hob den Schweif und schnob ihrem lilafarbenen Füllen zu; die junge Atlasnaja, mit dem glatten, glänzenden Fell, senkte den Kopf so tief herab, dass der schwarze, seidige Haarschopf ihr die Stirn und die Augen bedeckte, spielte mit dem Gras, indem sie Hälmchen ausriss und wieder fallen ließ, und stampfte mit dem taufeuchten Fuß auf, an dem das Kötenhaar einen dichten Büschel bildete. Eines der älteren Saugfohlen mochte sich wohl ein neues Spiel ersonnen haben: das kurze, krause Schwänzchen wie einen Helmbusch aufrichtend, jagte es schon zum sechsundzwanzigsten Mal im Kreis um seine Mutter herum, welche den Charakter ihres Sohnes schon hinreichend zu kennen schien, ruhig das Gras abrupfte und nur ab und zu mit dem großen schwarzen Auge von der Seite nach dem Fohlen hinblickte.

Eines der kleinsten Saugfohlen, ein schwarzes, dickköpfiges Tierchen, mit einem wie verwundert zwischen den Ohren aufstarrenden Haarschopf und einem kurzen Schwänzchen, das sich noch nach der Seite krümmte, nach der es im Mutterleib gekrümmt gewesen war, richtete die Ohren auf und schaute, ohne sich von der Stelle zu rühren, mit stumpfblickenden Augen unverwandt nach einem anderen Fohlen hin, welches immer einen Sprung machte und dann wieder rückwärtsging; es blieb unklar, ob das zuschauende Tierchen von Neid erfüllt war oder sich überlegte, warum sich das andere wohl so benehme. Einige Fohlen sogen, die Mäuler unter die Mütter schiebend; andere liefen aus unerfindlichem Grund, trotz aller Zurufe der Muttertiere, in kleinem, ungeschicktem Trabe geradewegs von diesen fort, als ob sie etwas suchen wollten, und blieben dann, wieder aus nicht erkennbarer Ursache, stehen und stießen ein lautes, verzweifeltes Gewieher aus; andere lagen, in einer Reihe hingestreckt, auf der Seite; andere lernten das Gras fressen; andere kratzten sich mit einem Hinterfuß hinter dem Ohr. Zwei noch trächtige Stuten gingen abgesondert; langsam die Beine bewegend, fraßen sie immer noch. Es war nicht zu verkennen, dass ihr Zustand von den anderen respektiert wurde und keines von den jüngeren Tieren an sie heranzukommen und sie zu stören wagte. Und wenn ja eine übermütige Stute sich beikommen ließ, sich ihnen zu nähern, so genügte eine Bewegung des Ohres oder des Schweifes, um ihr die ganze Unziemlichkeit ihres Benehmens zum Bewusstsein zu bringen.

Die jährigen Hengste und die jährigen Stuten taten so, als wären sie schon ausgewachsene Tiere von gesetztem Charakter; nur selten erlaubten sie sich, ein paar Sprünge zu machen und sich an lustige Gesellschaft anzuschließen. Ihre Schwanenhälschen mit den geschorenen Mähnen hinabbiegend, fraßen sie mit Anstand ihr Gras und schwenkten, als ob sie auch schon Schweife hätten, mit ihren Pinselchen umher. Ganz wie die Großen legten sich manche nieder, wälzten sich oder kratzten einander. Die lustigste Gesellschaft bestand aus den zwei- und dreijährig ledigen Stuten. Sie gingen fast alle in einem gesonderten Trupp, eine fröhliche Mädchenschar. Aus diesem Trupp hörte man Stampfen, Kreischen, Wiehern und Schnauben. Sie drängten sich zusammen, legten einander die Köpfe auf die Schultern, beschnupperten sich, sprangen in die Höhe und liefen manchmal mit erhobenem Schweif halb im Trab, halb im Passgang, stolz und kokett vor ihren Genossinnen her. Die schönste und zugleich die Rädelsführerin unter dieser ganzen Jugend war eine mutwillige braune Stute. Was sie angab, das machten die anderen nach; wo sie hinging, dahin folgte ihr der ganze Haufen der Schönen. Diese Übermütige war an diesem Morgen zu allerlei Spielen ganz besonders aufgelegt. Es war eine lustige Laune über sie gekommen, wie das ja auch beim Menschen vorkommt. Schon an der Tränke hatte sie den alten Wallach geneckt; dann lief sie am Wasser entlang, tat, als ob sie vor etwas erschrocken wäre, prustete und lief, so schnell ihre Beine sie tragen konnten, ins Feld hinaus, sodass Waska ihr und den anderen, sie sich ihr angeschlossen hatten, nachgaloppieren musste. Nachdem sie dann ein bisschen gefressen hatte, fing sie an, sich zu wälzen; darauf ärgerte sie die alten Stuten dadurch, dass sie vor ihnen herging; dann trieb sie ein Füllen beiseite und lief hinter ihm her, als ob sie es beißen wollte. Die Mutter erschrak und hörte auf zu fressen; das Füllen schrie mit kläglicher Stimme; aber die übermütige Stute rührte es überhaupt nicht an; sie hatte es nur erschrecken und ihren Genossinnen, die mit großem Interesse ihre Schelmenstreiche als Zuschauerinnen verfolgten, ein Schauspiel darbieten wollen. Dann kam sie auf den Einfall, einem kleinen Grauschimmel in der Ferne, jenseits des Flusses bei dem Roggenfeld, den Kopf zu verdrehen; auf diesem Pferdchen ritt dort ein Bauer; der Pflug schleifte hinterher. Sie stellte sich in stolzer Haltung, ein wenig zur Seite gewendet, hin, hob den Kopf in die Höhe, schüttelte sich und ließ ein süßes, zärtliches, langgedehntes Wiehern erschallen. Mutwille und tiefe Empfindung und eine gewisse Traurigkeit kamen in diesem Wiehern zum Ausdruck. Auch Sehnsucht und Liebesverheißung und Liebeskummer lagen darin.

Dort rief im dichten Schilf, von einer Stelle zur anderen laufend, leidenschaftlich ein Wachtelkönig seine Gefährtin zu sich; dort ließen der Kuckuck und die Wachtel ihren Liebesruf erklingen, und die Blumen sandten durch den Wind ihren duftenden Blütenstaub einander zu.

»Auch ich bin jung und schön und stark«, sagte das Wiehern der übermütigen Stute. »Aber es ist mir bisher nicht vergönnt gewesen, die Süßigkeit jenes Gefühls zu kosten, ja es hat mich überhaupt noch kein Liebhaber gesehen, wahrhaftig noch kein einziger.«

Und das vielsagende Gewieher klang voll jugendlicher Sehnsucht über die Niederung und das Feld dahin und gelangte aus der Ferne zu dem grauen Pferdchen. Dieses richtete die Ohren auf und blieb stehen. Der Bauer versetzte ihm einen Stoß mit seinem in einem Halstuch steckenden Fuß; aber der Grauschimmel war wie bezaubert von dem silberhellen Klang des fernen Wieherns und wieherte zur Antwort gleichfalls. Der Bauer wurde zornig, riss ihn an den Zügeln und stieß ihn mit dem Fuß so heftig gegen den Bauch, dass er sein Gewieher nicht zu Ende bringen konnte und weiterging. Aber dem Grauschimmel war ganz süß und sehnsuchtsvoll zu Mute geworden, und noch lange drangen von den fernen Roggenfeldern die Töne eines ansetzenden leidenschaftlichen Wieherns und dann die zornigen Schimpfworte des Bauern zu der Pferdeherde herüber.

Wenn schon von dem bloßen Klang dieser Stimme der Grauschimmel sich so hingerissen fühlte, dass er seine Pflicht vergaß, was wäre dann erst mit ihm geschehen, wenn er die mutwillige Schöne in ihrer ganzen Gestalt gesehen hätte, wie sie die Ohren spitzte, die Nüstern aufblähte, die Luft einzog und, von unbestimmter Begierde getrieben und an dem ganzen jungen schönen Leib zitternd, nach ihm rief?

Aber die Übermütige dachte nicht lange über den Eindruck nach, den sie hervorgerufen hatte. Als die Stimme des Grauschimmels verstummt war, wieherte sie noch einmal spöttisch, bog den Kopf herunter, grub mit einem Fuß in der Erde und ging dann hin, um den scheckigen Wallach aufzuwecken und zu foppen. Der scheckige Wallach war stets das arme Opfer, das von diesen glücklichen jungen Tieren gehänselt und gepeinigt wurde. Er hatte von diesen jungen Tieren mehr zu leiden als von den Menschen. Er selbst tat weder den einen noch den anderen Übles. Die Menschen bedienten sich seiner und misshandelten ihn bei diesem Anlass; aber warum quälten ihn die jungen Pferde?

IV.

Er war alt, sie waren jung; er war mager, sie waren wohlgenährt; er war traurig, sie waren vergnügt. Folglich war er ein ganz fremdes, ganz andersartiges Wesen, und sie konnten mit ihm kein Mitleid haben. Die Pferde haben nur mit sich selbst Mitleid und außerdem nur noch mitunter mit denjenigen, in deren Haut sie sich mit Leichtigkeit hineindenken können. Aber es war doch nicht des scheckigen Wallachs eigene Schuld, dass er alt und dürr und missgestaltet war.

Man möchte meinen, dass es nicht seine eigene Schuld war; aber nach der Anschauung der Pferde war es allerdings seine eigene Schuld, und nach dieser Anschauung waren immer nur die im Recht, die stark, jung und glücklich waren, diejenigen, die noch das ganze Leben vor sich hatten, diejenigen, bei denen in übermütiger Anstrengung jeder Muskel zitterte und der Schweif sich steif in die Höhe hob. Vielleicht sah das auch der scheckige Wallach selbst ein und gab in ruhigen Augenblicken selbst zu, dass es seine eigene Schuld sei, wenn er sein Leben schon hinter sich hatte, und dass er nun dafür büßen müsse; aber er war doch bei alledem ein Pferd und konnte sich oft eines Gefühls der Kränkung, des Kummers und des Unwillens nicht erwehren, wenn er all dieses junge Volk ansah, das ihn sein Greisenalter so schwer entgelten ließ, obwohl es doch diesem selben Greisenalter gleichfalls am Ende des Lebens verfallen musste. Ein weiterer Grund für die Mitleidlosigkeit der Pferde war auch ein gewisses aristokratisches Gefühl. Jedes von ihnen führte seinen Stammbaum väterlicherseits oder mütterlicherseits auf die berühmte Smetanka zurück; von dem Schecken aber wusste niemand, wo er herstammte; der Schecke war so ein hergelaufener, der vor drei Jahren auf dem Jahrmarkt für achtzig Papierrubel gekauft war.

Die braune Stute ging, als wenn sie nur so promenierte, bis dicht an die Nase des scheckigen Wallachs und versetzte ihm dann einen Stoß. Er wusste schon, wie das gemeint war, und legte, ohne die Augen aufzumachen, die Ohren an den Kopf und fletschte die Zähne. Die Stute drehte ihm ihr Hinterteil zu und machte Miene, nach ihm zu schlagen. Er öffnete die Augen und ging weg nach einer andern Stelle. Zum Schlafen hatte er keine Lust mehr; so begann er denn zu fressen. Wieder kam die übermütige Stute, von ihren Freundinnen begleitet, zu dem Wallach hin. Eine zweijährige Stute mit einer Blesse, ein sehr dummes Tier, das der Braunen alles nachmachte und in allen Stücken ihre folgsame Schülerin war, kam mit ihr zusammen heran und begann, wie das Nachahmer stets tun, das, was die Braune tat, noch zu überbieten. Die braune Stute pflegte heranzukommen, als ob sie nur mit sich selbst beschäftigt wäre und bei dem Wallach dicht vor seiner Nase vorbeizugehen, ohne ihn anzusehen, sodass er wirklich nicht wusste, ob er zornig werden sollte oder nicht, und das wirkte dann in der Tat komisch.

So machte das die braune Stute auch jetzt; aber die Blesse, welche hinter ihr ging und besonders ausgelassen war, gab dem Wallach geradezu einen Stoß mit der Brust. Dieser fletschte wieder die Zähne, kreischte auf, stürzte mit einer Geschwindigkeit, die man ihm gar nicht zugetraut hätte, hinter ihr her und biss sie in die Lende. Die Blesse schlug mit beiden Hinterfüßen aus und traf den Alten schwer auf die mageren, kahlen Rippen. Der Alte röchelte ordentlich vor Schmerz; er wollte sich noch einmal auf sie stürzen, dann aber bedachte er sich eines andern, seufzte schwer auf und ging zur Seite.

Das ganze junge Volk der Herde schien die Dreistigkeit, die sich der scheckige Wallach gegen die Blesse herausgenommen hatte, als eine persönliche Beleidigung aufzufassen; sie ließen ihn den ganzen übrigen Tag absolut nicht mehr fressen und gönnten ihm keinen Augenblick der Ruhe, sodass der Pferdehüter mehrmals einschreiten musste und gar nicht begreifen konnte, was ihnen eigentlich in den Kopf gekommen war.

Der Wallach war so niedergeschlagen, dass er von selbst zu Nestor ging, als der Alte sich anschickte, die Herde wieder nach Hause zu treiben, und er fühlte sich glücklicher und ruhiger, als Nestor ihn sattelte und aufstieg.

Gott weiß, welche Gedanken den alten Wallach erfüllten, als er auf seinem Rücken den alten Nestor nach Hause trug, ob er voll Bitterkeit an das freche, grausame junge Volk dachte oder mit jenem verächtlichen, schweigsamen Stolz, wie er dem Alter eigen ist, seinen Beleidigern vergab – jedenfalls ließ er seine Empfindungen nicht kund werden, bis sie zu Hause waren.

An diesem Abend hatte Nestor Besuch von Gevattersleuten bekommen, und als er die Herde an den zum Gestüt gehörigen kleinen Wohnhäusern vorbeitrieb, bemerkte er einen Wagen mit einem Pferd, das vor seiner Haustür angebunden war. Nachdem er die Herde hineingetrieben hatte, hatte er es so eilig, dass er den Wallach, ohne ihm den Sattel abzunehmen, in den Hof ließ, seinem Kameraden Waska zurief, er solle ihn absatteln, das Tor zumachte und zu seinen Gevattersleuten ging.

Ob nun deswegen, weil der Blesse, einer Urenkelin der berühmten Smetanka, von diesem »schäbigen Subjekt«, das auf dem Pferdemarkt gekauft war und weder Vater noch Mutter kannte, eine Beleidigung zugefügt hatte und dadurch das aristokratische Empfinden des ganzen Gestütes verletzt war, oder weil der Wallach mit dem hohen Sattel ohne Reiter den Pferden ein seltsames, phantastisches Schauspiel bot – kurzum, es ereignete sich in dieser Nacht auf dem Pferdehof etwas Ungewöhnliches. Alle Pferde, junge und alte, liefen zähnefletschend hinter dem

Wallach her und jagten ihn auf dem Hof herum. Man hörte das Dröhnen der Hufschläge gegen seine mageren Flanken und das schwere Ächzen des Getroffenen. Der Wallach konnte das nicht mehr ertragen und konnte den Hufschlägen nicht mehr ausweichen. Mitten im Hof blieb er stehen; auf seinem Gesicht malte sich in abstoßender Weise die kraftlose Wut des schwächlichen Greisenalters und dann die vollste Verzweiflung. Er legte die Ohren zurück, und plötzlich geschah etwas, was alle Pferde sofort veranlasste, ihre Angriffe einzustellen. Die älteste Stute namens Wjasopuricha ging an den Wallach heran, beschnupperte ihn und seufzte. Der Wallach seufzte gleichfalls…

V.
Die erste Nacht

In der Mitte des hell vom Mond beleuchteten Hofes stand die hohe, hagere Gestalt des Wallachs mit dem hohen Sattel und dem emporstehenden Knopf am Sattelbogen. Regungslos und in tiefem Schweigen standen die Pferde um ihn herum, als ob sie etwas Neues, Ungewöhnliches aus seinem Mund erführen. Und sie erfuhren auch wirklich aus seinem Mund etwas Neues, Unerwartetes. Was er ihnen mitteilte, war Folgendes:

»Ja, ich bin ein Sohn von Ljubesnü I. und Baba. Mein Name ist nach dem Stammbaum Muschik I. Ich heiße also Muschik I. nach dem Stammbaum, im gewöhnlichen Leben aber Leinwandmesser; diesen Beinamen haben mir die Leute wegen meines langen, weit ausholenden Schrittes gegeben, der in Russland nicht seinesgleichen hatte. Was Abstammung anlangt, so gibt es in der Welt kein Pferd, das von edlerem Geblüt wäre. Ich hätte euch das nie gesagt. Wozu auch? Ihr hättet mich ja doch nie erkannt, wie mich auch Wjasopuricha, die doch mit mir zusammen in Chrenowoje war, so lange nicht erkannt hatte und erst jetzt wiedererkannt hat. Auch jetzt würdet ihr mir nicht glauben, wenn mir nicht das Zeugnis dieser Wjasopuricha hier zur Seite stände. Ich hätte euch das niemals gesagt. Ich brauche kein Mitleid von den Pferden. Aber ihr habt es gewollt. Ja, ich bin jener Leinwandmesser, nach dessen Verbleib die Pferdekenner vergeblich forschen, jener Leinwandmesser, den der Graf selbst gekannt, aber aus dem Gestüt verwiesen hat, weil ich seinen Liebling Lebed überholt hatte.

Als ich geboren wurde, wusste ich nicht, was das bedeutet: ein Schecke; ich meinte eben, ich sei ein Pferd. Die erste Bemerkung, die über mein Fell gemacht wurde, versetzte – darauf besinne ich mich noch sehr wohl – mich und meine Mutter in großes Erstaunen.

Ich wurde wahrscheinlich in der Nacht geboren; am Morgen stand ich, von meiner Mutter schon rein geleckt, bereits auf den Füßen. Ich erinnere mich, dass ich immer ein Verlangen nach etwas verspürte, und dass mir alles höchst wunderbar und zugleich höchst selbstverständlich vorkam. Die Boxen lagen bei uns an einem langen, warmen Korridor und hatten Gittertüren, durch die man alles sehen konnte.

Meine Mutter hielt mir das Euter hin; aber ich war noch so unerfahren, dass ich mit der Nase bald unter die Vorderbeine meiner Mutter, bald unter die Krippe stieß. Plötzlich blickte meine Mutter sich nach der Gittertür um, trat mit einem Bein über mich fort und ging zur Seite. Der Knecht, der den Stalldienst hatte, sah durch das Gitter zu uns in die Box herein.

›Ei, sieh da! Baba hat gefohlt!‹, sagte er und schob den Riegel zurück. Er kam herein, ging über das frische Stroh auf mich zu und fasste mich mit beiden Armen um. ›Sieh mal, Tara!‹ rief er, ›ein schnurriger Schecke, die reine Elster!‹

Ich riss mich von ihm los, stolperte und fiel auf die Knie.

›Ei, so ein kleines Teufelchen!‹, sagte er.

Meine Mutter wurde unruhig, machte aber keine Anstalten, mich zu schützen; sie seufzte nur schwer, sehr schwer und trat ein wenig zur Seite. Die Stallknechte kamen und besahen mich. Einer von ihnen lief hin, um es dem Stallmeister zu melden.

Alle lachten, sobald sie mein scheckiges Fell erblickten, und gaben mir allerlei sonderbare Bezeichnungen. Der Sinn dieser Worte war nicht nur mir, sondern auch meiner Mutter unverständlich. Bisher war unter uns und allen meinen Verwandten kein einziger Schecke gewesen. Wir glaubten nicht, dass etwas

Schlimmes dabei sei. Meinen Körperbau und meine Kraft lobten auch damals alle.

›Sieh, was für ein flinkes Kerlchen!‹, sagte einer der Stallknechte. ›Man kann ihn kaum halten.‹

Nach einiger Zeit kam der Stallmeister; auch er wunderte sich über meine Farbe; er schien sogar darüber verdrießlich zu sein.

›Von wem das kleine Scheusal das bloß hat?‹, sagte er. ›Der Direktor wird ihn nun nicht im Gestüt behalten mögen. Ach, Baba, du hast mich schön angeführt‹, wandte er sich zu meiner Mutter. ›Hättest du nur wenigstens einen Weißnasigen zur Welt gebracht; aber einen ganz Scheckigen!‹

Meine Mutter antwortete nichts und seufzte nur wieder, wie immer in ähnlichen Fällen.

›Von wem er das bloß hat?‹, fuhr er fort. ›Wie ein Bauer sieht er aus! Im Gestüt können wir ihn nicht behalten; es ist eine wahre Schande! Aber von Gestalt ist er schön, sehr schön!‹, sagte er, und das sagten alle, die mich sahen.

Nach einigen Tagen kam auch der Gestütsdirektor selbst; er betrachtete mich, und wieder waren alle ganz entsetzt und schalten auf mich und auf meine Mutter wegen der Farbe meines Felles. ›Aber von Gestalt ist er schön, sehr schön!‹ sagte jeder, der mich sah.

Bis zum Frühling wohnten wir Füllen alle im Stall der Mutterstuten, aber gesondert, jedes bei seiner Mutter. Nur zu der Zeit, als schon der Schnee auf den Dächern der Stallungen von der Sonne zu schmelzen anfing, wurde ich mitunter mit meiner Mutter auf den geräumigen Hof hinausgelassen, der mit frischem Stroh belegt war. Dort lernte ich zum ersten Mal alle meine Verwandten, nähere und entferntere, kennen. Dort sah ich, wie aus den verschiedenen Türen lauter damals hochberühmte

Stuten mit ihren Füllen herauskamen. Da war die alte Hollandka, dann Muschka, eine Tochter von Smetanka, dann Krasnucha, ferner das Reitpferd Dobrochoticha, lauter Berühmtheiten jener Zeit; alle kamen sie da nebst ihren Füllen zusammen, gingen im Sonnenschein umher, wälzten sich auf dem frischen Stroh und beschnupperten einander ganz wie gewöhnliche Pferde. Den Anblick dieses Hofes, den die schönsten Stuten jener Zeit erfüllten, habe ich bis auf den heutigen Tag nicht vergessen können. Es wird euch sonderbar vorkommen, wenn ihr euch vorstellen und glauben sollt, dass ich einst jung und feurig war; und doch war es so. Da war auch diese selbe Wjasopuricha, die ihr hier seht, damals noch ein einjähriges Tierchen mit geschorener Mähne, ein liebes, lustiges, mutwilliges Pferdchen; aber – und das sage ich nicht etwa um sie zu kränken – obgleich sie jetzt unter euch, was Geblüt anlangt, für eine Seltenheit gilt, gehörte sie damals zu den geringsten Pferden jener Zucht. Sie wird euch das selbst bestätigen.

Meine Buntscheckigkeit, die den Menschen so sehr missfiel, gefiel dafür allen Pferden außerordentlich gut; alle umringten sie mich, bewunderten mich und spielten mit mir. Ich begann schon zu vergessen, was die Menschen über meine Buntscheckigkeit gesagt hatten, und mich glücklich zu fühlen. Aber bald lernte ich den ersten Kummer in meinem Leben kennen, und die Ursache dieses Kummers war meine Mutter. Als es schon zu tauen anfing, die Sperlinge unter den Vordächern zwitscherten und der Frühling sich immer stärker in der Luft spürbar machte, da begann meine Mutter ihr Benehmen gegen mich zu ändern.

Ihr ganzes Wesen war wie umgewandelt; bald begann sie plötzlich ohne jeden Anlass zu spielen und auf dem Hof herumzutollen, was zu ihrem gesetzten Alter ganz und gar nicht passte; bald versank sie in Gedanken und wieherte dabei; bald biss sie die anderen Stuten und schlug mit den Hinterfüßen nach ihnen; bald beschnupperte sie mich und schnob unzufrieden; bald legte sie, wenn wir draußen im Sonnenschein waren, ihren Kopf über die Schulter ihrer Kusine Kuptschicha und kratzte ihr lange nachdenklich den Rücken; mich aber stieß sie vom Euter weg. Eines Tages kam der Stallmeister, ließ ihr ein Halfter anlegen, und dann wurde sie aus der Box hinausgeführt. Sie wieherte; ich rief ihr zu und wollte ihr nachstürzen; aber sie sah sich nicht einmal nach mir um. Der Stallmeister Taras ergriff mich mit beiden Armen in dem Augenblick, wo sich die Tür hinter meiner Mutter, die hinausgeführt wurde, schloss.

Ich riss mich los und warf den Stallknecht in das Stroh; aber die Tür war fest geschlossen, und ich hörte nur das sich immer weiter entfernende Wiehern meiner Mutter. Und in diesem Wiehern hörte ich nicht mehr einen Ruf nach mir, sondern ich merkte darin einen ganz anderen Ausdruck. Auf ihre Stimme antwortete in der Ferne eine mächtige andere Stimme, wie ich später erfuhr, die Stimme Dobrüs I., der, mit je einem Stallknecht rechts und links, zum Rendezvous mit meiner Mutter kam.

Ich erinnere mich nicht, wie Taras aus meiner Box hinauskam; mir war gar zu traurig zu Mute, denn ich fühlte, dass ich die Liebe meiner Mutter für immer verloren hatte. ›Und alles nur deswegen, weil ich ein Schecke bin‹, dachte ich in Erinnerung an das, was die Menschen über mein Fell gesagt hatten, und es packte mich eine solche Wut, dass ich mit Kopf und Knien gegen die Wände der Box zu stoßen anfing und dies so lange fortsetzte, bis ich in Schweiß wie gebadet war und vor Erschöpfung aufhören musste.

Nach einiger Zeit kehrte meine Mutter zu mir zurück. Ich hörte, wie sie in einem mir ungewöhnlich klingenden Trabe auf dem Korridor zu unserer Box gelaufen kam. Man öffnete ihr die

Tür, und ich erkannte sie gar nicht wieder, so viel jünger und schöner war sie geworden. Sie beschnupperte mich, schnob und stieß ein lachendes Gewieher aus. An ihrem gesamten Ausdruck sah ich, dass sie mich nicht mehr liebte.

Sie erzählte von Dobrüs' Schönheit und von ihrer Liebe zu ihm. Diese Zusammenkünfte dauerten fort, und das Verhältnis zwischen mir und meiner Mutter wurde immer kälter.

Bald darauf ließ man uns auf die Weide hinaus. Von diesem Zeitpunkt an lernte ich neue Freuden kennen, welche mir den Verlust der Liebe meiner Mutter ersetzten. Ich hatte Freunde und Kameraden. Wir lernten zusammen Gras fressen, ebenso wiehern wie die Großen und mit emporgehobenen Schweifen um unsere Mütter herumgaloppieren. Das war eine glückliche Zeit. Alles war mir gestattet; alle liebten mich, bewunderten mich und betrachteten alles, was ich tat, mit wohlwollender Nachsicht. Aber das dauerte nicht lange. Nach kurzer Zeit widerfuhr mir etwas Entsetzliches.«

Der Wallach stieß einen tiefen, schweren Seufzer aus und ging von den andern Pferden weg.

Die Morgenröte war schon längst am Himmel erschienen. Das Tor knarrte. Nestor kam herein. Die Pferde gingen auseinander. Der Pferdehüter brachte den Sattel des Wallachs in Ordnung und trieb die Herde hinaus.

VI.
Die zweite Nacht

Sobald die Pferde am Abend in den Hof getrieben waren, drängten sie sich wieder um den Schecken.

»Im August trennte man mich von meiner Mutter«, fuhr der Schecke fort, »und ich empfand darüber keinen sonderlichen Kummer. Ich sah, dass meine Mutter schon einen jüngeren Bruder trug, den berühmten Usan, und ich war nicht mehr derselbe, der ich früher gewesen war. Ich war nicht eifersüchtig; aber ich fühlte, dass ich kühler gegen sie geworden war. Außerdem wusste ich, dass ich nach der Trennung von der Mutter in die allgemeine Füllenabteilung kam, wo wir zu zweien und dreien zusammenstanden und täglich unsere ganze junge Schar ins Freie hinausgelassen wurde. Ich stand in einer Box mit Milü. Milü ist ein Reitpferd geworden, und es hat ihn später der Zar geritten, und er ist auf Gemälden und in Statuen dargestellt worden. Damals war er noch ein einfaches Füllen, mit glänzendem, zartem Fell, einem Schwanenhals und schnurgeraden, feinen Beinen. Er war immer vergnügt, gutmütig und liebenswürdig, immer bereit zu spielen, sich mit einem andern zu belecken und mit einem andern Pferd oder einem Menschen sein Späßchen zu treiben. Unwillkürlich befreundeten wir uns miteinander, da wir zusammenwohnten, und diese Freundschaft hat während unserer ganzen Jugendzeit fortgedauert. Er war lustig und leichtsinnig. Er fing schon damals an zu lieben, schäkerte mit den Stuten und lachte mich wegen meiner Unschuld aus. Und zu meinem Unglück begann ich, es ihm aus Ehrgeiz nachzumachen, und war sehr bald ganz toll verliebt. Und diese meine frühe Neigung wurde die Ursache zu der größten Veränderung meines Schicksals. Es kam manchmal vor, dass ich mich vor Liebe gar nicht zu verhalten wusste…

Wjasopuricha war ein Jahr älter als ich; wir waren miteinander sehr gut befreundet; aber gegen Ende des Herbstes bemerkte ich, dass sie anfing mir auszuweichen...

Aber ich will nicht diese ganze unglückliche Geschichte meiner ersten Liebe erzählen; Wjasopuricha selbst wird sich erinnern, in welcher sinnlosen Weise ich mich von meiner Leidenschaft hinreißen ließ, und wie dies mit der wichtigsten Veränderung in meinem Leben endete.

Die Pferdehüter stürzten herbei, um sie fortzujagen und mich zu schlagen. An diesem Abend wurde ich in eine besondere Box gebracht; ich wieherte die ganze Nacht hindurch, wie in einer dunklen Vorahnung dessen, was mir der folgende Tag bringen sollte.

Am Morgen kamen in den Korridor vor meiner Box der Gestütsdirektor, der Stallmeister, ein paar Stallknechte und Pferdehüter, und es erhob sich ein furchtbarer Lärm. Der Direktor schrie den Stallmeister an; der Stallmeister verteidigte sich, er habe verboten gehabt, mich herauszulassen und die Stallknechte hätten es eigenmächtig getan. Der Direktor sagte, er werde sie allesamt durchpeitschen lassen; dass junge Hengste nicht zu halten seien, hätten sie wissen müssen. Der Stallmeister versprach, er werde alles ausführen. Sie schwiegen endlich und gingen fort. Ich hatte nichts begriffen; aber ich sah, dass sie etwas Schlimmes mit mir vorhatten...

Tags darauf hörte ich für mein lebelang auf zu wiehern; ich wurde so, wie ich jetzt bin. Die ganze Welt hatte in meinen Augen eine andere Gestalt bekommen. Nichts machte mir Freude; ich vergrub mich in mich selbst und wurde nachdenklich. Anfangs war mir alles zuwider. Ich hörte sogar auf zu trinken, zu fressen und zu gehen; und an ein Spielen dachte ich überhaupt nicht mehr. Mitunter kam mir der Einfall auszuschlagen, umher zu galoppieren, zu wiehern; aber sofort trat mir auch die furchtbare Frage entgegen: warum? wozu? Und meine letzte Kraft sank dahin.

Einmal wurde ich abends draußen umhergeführt gerade in dem Augenblick, als man die Herde vom Feld heimtrieb. Schon von Weitem erblickte ich die Staubwolke mit den noch undeutlichen, mir so wohlbekannten Umrissen aller unserer Mutterstuten. Ich hörte das lustige Wiehern und das Getrappel. Ich blieb stehen, obgleich der Strick des Halfters, an dem mich der Stallknecht zog, mir in den Nacken schnitt, und schaute nach der näherkommenden Herde hin, wie man auf ein für immer verlorenes, unwiederbringliches Stück hinschaut. Als sie herankamen, unterschied ich einzeln alle die mir bekannten schönen, prächtigen, gesunden, wohlgenährten Gestalten. Einige von ihnen blickten auch zu mir. Ich fühlte nicht mehr den Schmerz, als mich der Stallknecht am Halfter zog. Ich vergaß, wer ich war, und begann in Erinnerung an frühere Zeiten zu wiehern und Trab zu laufen; aber mein Wiehern klang traurig, lächerlich und töricht. In der Herde wurde nicht gelacht; aber ich merkte, wie sich viele der Pferde aus Anstandsgefühl von mir abwandten. Ich machte offenbar auf sie einen widerwärtigen, kläglichen, peinlichen und vor allen Dingen lächerlichen Eindruck. Lächerlich erschien ihnen mein dünner, energieloser Hals, mein großer Kopf – ich war damals sehr mager geworden –, meine langen plumpen Beine, und wie ich aus alter Gewohnheit in ungeschickter Gangart im Kreis um den Stallknecht herumtrabte. Niemand antwortete auf mein Gewieher; alle wandten sie sich von mir ab. Ich begriff plötzlich alles; ich begriff, wie fern ich ihnen allen für immer stand, und ich erinnere mich nicht mehr, wie ich damals hinter dem Stallknecht her nach Hause gekommen bin.

Ich hatte auch früher schon einen Hang zum Ernst und zum Nachsinnen besessen; jetzt nun aber ging in meinem Innern eine entschiedene Umwandlung vor. Meine Buntscheckigkeit, die mir diese seltsame Verachtung seitens der Menschen zuzog, ferner das furchtbare Unglück, das so unerwartet über mich hereingebrochen war, und dazu noch meine eigentümliche Stellung im Gestüt, die ich empfand, aber mir schlechterdings noch nicht erklären konnte, dies alles brachte mich dahin, mich tief in mein Inneres zurückzuziehen. Ich dachte über die Ungerechtigkeit der Menschen nach, die mich dafür verdammten, dass ich ein Schecke war; ich dachte über die Unbeständigkeit der mütterlichen Liebe und überhaupt der weiblichen Liebe nach und über ihre Abhängigkeit von physischen Zuständen; ganz besonders aber dachte ich über die Eigenheiten jener sonderbaren Gattung von lebenden Wesen nach, mit der wir in so enger Verbindung stehen, und die wir Menschen nennen, über diejenigen Eigenheiten, deren Folge jene Besonderheit meiner Stellung im Gestüt war, die ich wohl empfand, aber nicht begreifen konnte.

Was es mit dieser Besonderheit und mit den menschlichen Eigenheiten, auf denen sie beruhte, für eine Bewandtnis hatte, das entdeckte ich bei folgender Gelegenheit.

Es war im Winter, in der Festzeit. Einen ganzen Tag lang erhielt ich kein Futter und auch nichts zu trinken. Wie ich nachher erfuhr, war dies daher gekommen, dass unser Stallknecht betrunken war. Am gleichen Tag kam der Stallmeister zu mir herein, sah, dass ich nichts zu fressen hatte, und schimpfte in sehr starken Ausdrücken auf den nicht anwesenden Stallknecht. Dann ging er wieder weg.

Am anderen Tag kam der Stallknecht mit einem seiner Kameraden in unsere Box herein, um uns Heu zu geben. Ich bemerkte, dass er auffällig blass und in trüber Stimmung war, und dass namentlich die Art, wie er seinen langen Rücken bewegte, eine besondere Bedeutung und etwas Mitleiderregendes hatte.

Grimmig warf er das Heu hinter die Raufe. Ich wollte meinen Kopf über seine Schulter schieben; aber er schlug mich mit der Faust so schmerzhaft auf das Maul, dass ich zurücksprang. Dann gab er mir noch mit dem Stiefel einen Tritt gegen den Bauch.

›Wenn dieses verdammte Aas nicht wäre‹, sagte er, ›dann wäre nichts passiert‹.

›Was ist denn gewesen?‹, fragte der andere Stallknecht.

›Ja, nach dem Grafen seinen Pferden, da sieht er nicht nach; aber bei seinem, da kontrolliert er zweimal am Tag.‹

›Ist ihm denn der Schecke geschenkt worden?‹, fragte der andere.

›Ob verkauft oder geschenkt, das weiß der Teufel. Dem Grafen seine Pferde, wenn die auch alle vor Hunger krepieren, das ist ihm ganz egal; aber wenn man sich beikommen lässt, seinem Füllen kein Futter zu geben! ›Leg Dich hin!‹, sagte er, ›und nun haut ordentlich zu!‹ Er hat kein Christentum. Das Vieh tut ihm mehr leid als ein Mensch. Man merkt, dass er kein Kreuz auf der Brust trägt; er hat selbst die Hiebe gezählt, der Barbar! Selbst der Direktor hat mich noch nie so hauen lassen; mein ganzer Rücken ist voll von Striemen; man sieht, er hat kein christliches Herz im Leib.‹

Was sie vom Durchpeitschen und vom Christentum sagten, das verstand ich ganz gut; aber vollständig dunkel war mir damals, was der Ausdruck ›sein Füllen‹ bedeutete, aus welchem ich ersah, dass die Menschen irgendwelche Beziehung zwischen mir und dem Stallmeister annahmen. Worin diese Beziehung bestand, konnte ich damals schlechterdings nicht begreifen. Erst viel später, nachdem man mich von den anderen Pferden getrennt hatte, verstand ich, was das bedeutete. Damals konnte ich gar nicht begreifen, was das eigentlich heißen sollte, dass sie mich als das Eigentum eines Menschen bezeichneten. Der Ausdruck ›mein Pferd‹ bezog sich auf mich, ein lebendiges Pferd, und erschien mir ebenso seltsam wie solche Ausdrücke: ›mein Land‹, ›meine Luft‹, ›mein Wasser‹.

Aber diese Worte hatten mir einen gewaltigen Eindruck gemacht. Unaufhörlich dachte ich darüber nach; aber erst lange nachher, nachdem ich die mannigfachsten Beziehungen zu den Menschen durchgemacht hatte, begriff ich endlich, welche Bedeutung die Menschen diesen sonderbaren Worten beilegen. Die Bedeutung ist folgende: Für die Menschen sind im Leben nicht Taten das Bestimmende, sondern Worte. Es kommt ihnen nicht sowohl auf die Möglichkeit an, etwas zu tun oder nicht zu tun, als vielmehr auf die Möglichkeit, mit Bezug auf allerlei Gegenstände gewisse Worte von konventioneller Bedeutung zu gebrauchen. Solche Worte, die bei ihnen für sehr wichtig gelten, sind die Worte ›mein, meine‹, deren sie sich in Bezug auf die verschiedensten Dinge, auf lebende Wesen und leblose Gegenstände bedienen, sogar in Bezug auf den Erdboden, auf Menschen und auf Pferde. Sie haben untereinander festgesetzt, dass von ein und demselben Ding immer nur einer ›mein‹ sagen darf. Und wer nach diesem unter ihnen vereinbarten Spiel von der größten Anzahl von Dingen ‹mein› sagt, der gilt bei ihnen als der Glücklichste. Weshalb das so ist, weiß ich nicht; aber es ist so. Früher habe ich mich lange bemüht, mir das aus irgendwelchem unmittelbaren Vorteil zu erklären; aber eine solche Erklärung erwies sich als unzutreffend.

Zum Beispiel: Viele von den Menschen, die mich ihr Pferd nannten, ritten gar nicht auf mir; sondern es ritten auf mir ganz andere Leute. Es fütterten mich auch nicht sie, sondern ganz andere. Gutes taten mir wiederum nicht diejenigen, die mich ihr Pferd nannten, sondern Kutscher, Rossärzte und überhaupt fremde Menschen. Als sich in der Folge der Kreis meiner Beobachtungen erweiterte, überzeugte ich mich, dass nicht nur in Bezug auf uns Pferde der Begriff ›mein‹ lediglich auf einem niedrigen, animalischen Instinkt der Menschen beruht, den sie Eigentumssinn oder Eigentumsrecht nennen. Der Mensch sagt auch: ›mein Haus‹, obgleich er nie darin wohnt, sondern nur für die Erbauung und Erhaltung des Hauses Sorge trägt. Der Kaufmann sagt: ›mein Laden‹, zum Beispiel ›mein Tuchladen‹, und lässt sich dabei doch nicht seine Kleider aus dem besten Tuch machen, das in seinem Laden ist.

Es gibt Menschen, die ein Stück Land als das ihre bezeichnen und doch dieses Stück Land nie gesehen haben, nie auf ihm umhergegangen sind. Es gibt Menschen, welche von anderen Menschen ›mein‹ sagen, und doch haben sie diese Menschen nie gesehen, und ihre ganze Beziehung zu diesen Menschen besteht darin, dass sie ihnen Böses tun.

Es gibt Menschen, welche Frauen als ihre Frauen bezeichnen und doch leben diese Frauen mit anderen Männern. Und die Menschen streben im Leben nicht danach, das zu tun, was sie für gut und recht halten, sondern danach, möglichst viele Dinge die ihrigen zu nennen.

Ich bin jetzt der Überzeugung, dass gerade darin der wesentliche Unterschied zwischen den Menschen und uns besteht. Und schon darum allein – von unseren anderen Vorzügen vor den Menschen gar nicht zu reden – können wir dreist sagen, dass wir auf der Stufenleiter der lebenden Wesen höher stehen als die Menschen; für das Handeln der Menschen, wenigstens derjenigen, mit denen ich in Beziehung gekommen bin, sind das Bestimmende die Worte, für das unsrige das wirkliche Tun.

Dieses Recht also, von mir zu sagen ›mein Pferd‹, hatte der Stallmeister erhalten, und darum ließ er den Stallknecht durchpeitschen. Diese Entdeckung versetzte mich in lebhaftes Erstaunen, und sie, sowie mein Befremden über die Gedanken und Urteile, die meine buntscheckige Farbe bei den Menschen hervorrief, und das Nachsinnen, zu dem mich die Sinnesänderung meiner Mutter veranlasste, haben mich zu dem ernsten tiefsinnigen Wallach werden lassen, der ich bin.

Ich war dreifach unglücklich: ich war scheckig, ich war ein Wallach, und die Menschen hatten von mir die Vorstellung, dass ich nicht Gott und mir selbst angehörte, wie das doch jedem lebenden Wesen angeboren ist, sondern dass ich dem Stallmeister gehörte.

Dass sie von mir diese Vorstellung hatten, hatte mehrere Folgen. Gleich die erste dieser Folgen bestand darin, dass man mich abgesondert hielt, besser fütterte, häufiger an der Leine laufen ließ und mich früher anspannte. Zum ersten Mal wurde ich in meinem dritten Lebensjahr angespannt. Ich erinnere mich, wie damals der Stallmeister selbst, der die Vorstellung hatte, dass ich ihm gehörte, mit einer ganzen Schar von Stallknechten sich daran machte, mich anzuspannen, und von mir Wildheit und Widersetzlichkeit erwartete. Sie banden mich mit Stricken und führten mich in die Gabeldeichsel; auf den Rücken hatten sie mir ein breites Kreuz von Riemen gelegt und banden es an der Gabeldeichsel fest, damit ich nicht hinten ausschlagen könne; ich aber hatte nur auf eine Gelegenheit gewartet, meine Lust und Liebe zur Arbeit zu zeigen.

Sie wunderten sich, dass ich in der Deichsel ging wie ein altes Pferd. Man fuhr mich ein, und ich übte mich im Traben. Mit jedem Tag machte ich größere Fortschritte, sodass nach drei Monaten der Gestütsdirektor selbst und viele andere meinen

Gang lobten. Aber merkwürdig, eben deshalb weil sie die Vorstellung hatten, dass ich nicht mein eigen sei, sondern Eigentum des Stallmeisters, erhielt mein Gang für sie eine ganz andere Bedeutung.

Die Hengste, meine Brüder, fuhr man zum Wettrennen ein; man maß ihr Tempo; es kamen Leute heraus, um ihnen zuzusehen; man spannte sie vor Wagen mit vergoldeten Zierraten und legte ihnen teure Satteldecken auf. Ich fuhr mit dem schweren Pferdewagen des Stallmeisters ins Gut Tschesmenka und den anderen dazu gehörenden kleinen Dörfern, wenn er dort zu tun hatte. Alles das kam davon her, dass ich ein Schecke war, und hauptsächlich daher, dass ich nach der Meinung der Menschen nicht dem Grafen, sondern dem Stallmeister gehörte.

Morgen, wenn wir dann noch leben, will ich euch erzählen, welche wichtige Folge dieses Eigentumsrecht, das sich der Stallmeister einbildete, für mich hatte.«

Diesen ganzen Tag über benahmen sich die Pferde gegen Leinwandmesser rücksichtsvoll; aber Nestors Benehmen war so grob wie immer. Der Grauschimmel des Bauern wieherte von selbst auf, als er in die Nähe der Herde kam, und die braune Stute kokettierte wieder mit ihm.

VII.

Die dritte Nacht

Der Mond war im Zunehmen, und seine schmale Sichel beleuchtete die Gestalt Leinwandmessers, welcher mitten auf dem Hof stand. Die Pferde drängten sich um ihn.

»Die wichtigste, erstaunlichste Folge des Umstandes, dass ich nicht dem Grafen, nicht Gott, sondern dem Stallmeister gehörte«, fuhr der Schecke fort, »bestand für mich darin, dass gerade das, was unser Hauptverdienst bildet, der flotte Gang, die Ursache zu meiner Verbannung wurde.

Lebed wurde in der kreisförmigen Fahrbahn eingefahren, da kam der Stallmeister gerade mit mir aus Tschesmenka zurückgefahren und hielt bei der Fahrbahn an. Lebed kam bei uns vorbei. Er ging gut; aber er stolzierte dabei und verstand sich nicht auf die Kraftausnutzung, die ich bei mir herausgearbeitet hatte, dass nämlich in dem Augenblick, wo ein Fuß den Erdboden berührt, ein anderer sich von ihm losheht und nicht die geringste Anstrengung zwecklos vergeudet wird, sondern jede Anstrengung zur Vorwärtsbewegung mitwirkt. Also Lebed kam bei uns vorbei. Ich strebte nach der Fahrbahn hinein, und der Stallmeister hielt mich nicht zurück. ›Na, wie ist es, wollt ihr mal euren Lebed mit meinem Schecken um die Wette laufen lassen?‹, rief er, und als Lebed zum zweiten Mal vorbeikam, ließ er mich los. Der andere hatte schon seine volle Geschwindigkeit, und daher blieb ich bei der ersten Runde zurück; aber bei der zweiten rückte ich gegen ihn auf, kam seinem Wagen immer näher, holte ihn ein, überholte ihn, und blieb voran. Es wurde noch ein zweiter Versuch angestellt, mit demselben Erfolg. Ich war der Schnellere. Und das versetzte alle in Schrecken. Der Gestütsdirektor verlangte, ich solle sobald wie möglich weit weg verkauft werden, damit sie von mir nicht mehr zu sehen und zu hören bekämen. ›Wenn es der Graf erfährt, dann passiert etwas Schlimmes!‹, sagte er. So wurde ich denn als Deichselpferd an einen Pferdehändler verkauft. Bei dem Pferdehändler blieb ich nicht lange; ein Husarenoffizier, welcher Remontepferde für das Regiment einkaufte, erstand mich für sich selbst. Alles, was mir in der letzten Zeit widerfahren war, war so ungerecht und grausam gewesen, dass ich froh war, als man mich aus Chrenowoje fortführte und für immer von allem trennte, was mit mir verwandt war und mir lieb gewesen war. Ich hatte mich dort unter den andern Pferden gar zu bedrückt gefühlt. Ihnen standen im Leben Liebe, Ehren und Freiheit bevor, mir Arbeit und Erniedrigung, Erniedrigung und Arbeit bis zum Ende meines Daseins! Und weshalb? Weil ich ein Schecke war und darum jemandes Eigentum hatte werden müssen...«

Weiter konnte Leinwandmesser an diesem Abend nicht erzählen. Auf dem Pferdehof trat ein Ereignis ein, welches alle Pferde in Aufregung versetzte. Kuptschicha, eine trächtige, verspätete Stute, die zuerst bei der Erzählung mit zugehört hatte, wandte sich plötzlich um, ging langsam unter das Schuppendach und begann dort so laut zu ächzen, dass alle Pferde auf sie aufmerksam wurden; dann legte sie sich nieder, darauf stand sie wieder auf und legte sich von neuem nieder. Die alten Mutterstuten wussten, was mit ihr vorging; aber die jüngeren Tiere gerieten in große Erregung, verließen den Wallach und umringten die Kranke.

Am Morgen war ein neues Füllen da, das sich nur schwankend auf den Beinen hielt. Nestor rief den Stallmeister herbei, und die Stute mit ihrem Füllen wurde in eine besondere Box gebracht, die anderen Pferde aber ohne die beiden auf die Weide getrieben.

VIII.
Die vierte Nacht

Am Abend, als das Tor geschlossen und alles still geworden war, fuhr der Schecke folgendermaßen fort:

»Viele Beobachtungen sowohl über die Menschen als auch über die Pferde hatte ich anzustellen Gelegenheit, während ich aus einer Hand in die andere überging. Am längsten war ich bei zwei Besitzern in Moskau: bei jenem Husarenoffizier, der seinem Stande nach Fürst war, und bei einer alten Dame, die nicht weit von der Kirche zum Wunderbilde des heiligen Nikolaus wohnte.

Bei dem Husarenoffizier verlebte ich die beste Zeit meines Lebens. Obgleich er die Ursache zu meinem Verderben wurde, und obgleich er niemanden und nichts jemals geliebt hat, so liebte und liebe ich ihn doch gerade deswegen.

Mir gefiel an ihm gerade das, dass er schön, glücklich und reich war und darum keinen Menschen liebte.

Ihr habt Verständnis für diese erhabene Empfindung, wie sie uns Pferden eigen ist! Seine Kälte und meine Abhängigkeit von ihm verliehen meiner Liebe zu ihm eine besondere Stärke. ›Schlag mich tot, jage mich zuschanden‹, dachte ich oft in unseren schönen Zeiten, ›das wird meine Glückseligkeit nur noch erhöhen.‹

Er kaufte mich von dem Pferdehändler, dem mich der Stallmeister für achthundert Rubel verkauft hatte. Er kaufte mich gerade deshalb, weil sonst kein Mensch sich scheckige Pferde hielt. Das war meine beste Zeit. Er hatte eine Geliebte. Ich wusste das, weil ich ihn jeden Tag zu ihr hinbrachte und sie auch manchmal beide zusammen spazieren fuhr.

Seine Geliebte war eine Schönheit, und auch er war ein schöner Mann, und auch sein Kutscher war ein schöner Mann. Und deswegen hatte ich sie alle sehr gern. Auch hatte ich ein gutes Leben. Der Tag verlief für mich folgendermaßen. Am Morgen kam der Stallknecht, um mich zu reinigen, nicht der Kutscher selbst, sondern der Stallknecht. Dieser Stallknecht war ein junger Mensch, ein Bauernbursche, den der Herr von seinem Gut hatte nach der Stadt kommen lassen. Er öffnete die Tür, ließ den Stalldunst hinaus, räumte den Mist weg, nahm uns die Decken ab und begann mir mit einer Bürste den Leib abzureiben und mit der Striegel weißliche Streifen von Hautkleie auf den von den Hufeisenstollen zerstampften Bohlenbelag des Fußbodens hinzulegen. Ich biss ihn scherzend ein wenig in den Ärmel und stieß ihn sachte mit dem Fuß. Dann führte er uns einen nach dem andern zu einem Kübel mit kaltem Wasser, und mit Vergnügen betrachtete bei mir der Bursche mein durch seine Bemühung so schön glattes, scheckiges Fell, die kerzengeraden Beine mit den breiten Hufen und die glänzende Kruppe und den Rücken, so breit und eben, da man sich darauf hätte schlafen legen können. Er legte Heu hinter die hohen Raufen und schüttete Hafer in die eichenen Krippen. Dann kam Feofan, der Kutscher.

Der Herr und der Kutscher hatten miteinander viel Ähnlichkeit. Der eine wie der andere fürchteten sich vor nichts und liebten niemand außer sich selbst und darum hatten alle Menschen sie besonders gern. Feofan trug ein rotes Hemd, Plüschhosen und eine ärmellose Jacke. Ich freute mich, wenn er manchmal an einem Feiertag, schön pomadisiert, in seiner Jacke in den Stall kam und schrie: ›Na, du Vieh, hast mich wohl ganz vergessen!‹ und mich dabei mit dem Stiel der Stallgabel gegen die Lende stieß, aber nie schmerzhaft, sondern nur zum Spaß. Ich verstand den Spaß sofort, legte ein Ohr an den Kopf und knirschte mit den Zähnen.

Es war bei uns auch ein Rapphengst, der zu einem gleichfarbigen Paar gehörte. Nachts wurde auch ich manchmal mit ihm zusammen angespannt. Dieser Zentaur verstand keinen Spaß und war geradezu ein Teufel an Bosheit. Ich stand im Stalle neben ihm, nur durch eine niedrige Scheidewand von ihm getrennt, und wurde manchmal ernstlich von ihm gebissen. Feofan fürchtete sich nicht vor ihm. Zuweilen ging er gerade auf ihn los und schrie ihn an – man hätte meinen mögen, er wollte das Tier totschlagen; aber nein, der Schlag ging daneben, und Feofan legte ihm das Halfter an.

Als ich auch einmal wieder mit ihm zusammen angespannt war, fuhren wir im Galopp den Kusnezki Most, eine sehr belebte Straße, hinunter. Weder der Herr noch der Kutscher hatten irgendwelche Furcht. Sie lachten, schrien das Volk an, hielten uns zurück, bogen um die Ecke – es war niemand auch nur gequetscht worden.

In ihrem Dienst verlor ich meine besten Eigenschaften und mein halbes Leben. Denn hier wurde ich einmal beim Fahren überanstrengt und nachher zur Unzeit getränkt. Aber trotzdem war es die beste Zeit meines Lebens! Um zwölf Uhr kam gewöhnlich der Stallknecht, legte mir das Geschirr an, schmierte mir die Hufe ein, feuchtete mir den Haarschopf und die Mähne an und führte mich in die Gabeldeichsel.

Der Schlitten war aus Rohr geflochten und mit Samt ausgeschlagen, das Geschirr mit kleinen silbernen Schnallen versehen; zeitweilig trug ich auch ein gehäkeltes Netz. Das Geschirr war so breit und reich, dass, wenn alle Lenkseile und Riemen angelegt und festgeschnallt waren, man nicht unterscheiden konnte, wo das Geschirr aufhörte und das Pferd anfing. Angespannt wurde im Schuppen, mit losem Anspann. Dann kam Feofan, mit einem Hinterteil breiter als die Schultern, mit einer roten Leibbinde unter den Achseln, musterte den Anspann, setzte sich hin, legte seinen Rock in Ordnung, setzte den Fuß auf den Tritt, machte irgendein Späßchen, hängte immer die Peitsche an, mit der er mir aber fast nie einen Schlag versetzte, nur so der Ordnung wegen, und sagte: ›Los!‹ Und bei jedem Schritt tänzelnd schritt ich aus dem Tor hinaus, und die Köchin, die hinausgekommen war, um Spülwasser auszugießen, blieb auf der Schwelle stehen, und der Bauer, der Holz auf den Hof gefahren hatte, riss die Augen weit auf. Wir fuhren hinaus, fuhren ein Stückchen zur Seite und hielten an. Diener kamen heraus, andere Kutscher kamen herbeigefahren: ein lebhaftes Gespräch kam in Gang. Alle warteten, manchmal standen wir drei Stunden vor dem Haus, fuhren von Zeit zu Zeit eine kleine Strecke weg, kehrten dann um und hielten wieder.

Endlich wurde es laut im Hausflur; der grauköpfige, dickbäuchige Tichon im Frack kam herausgelaufen und rief: ›Vorfahren!‹ Damals bestand noch nicht diese dumme Mode, zu sagen ›Vorwärts!‹, als ob ich nicht selbst wüsste, dass man nicht rückwärts, sondern vorwärts fährt. Feofan schnalzte mit der Zunge, fuhr vor – und aus dem Haus trat der Fürst, eilig, achtlos, als ob weder an dem Schlitten, noch an dem Pferd, noch an Feofan etwas Bemerkenswertes gewesen wäre, der den Rücken bog und die Arme in einer Weise ausstreckte, wie man sie wohl kaum lange halten kann. Also der Fürst trat heraus, mit dem Tschako auf dem Kopf, in einem Mantel mit grauem Biberkragen, der sein hübsches Gesicht mit den roten Backen und den schwarzen Augenbrauen verbarg, obgleich es sich zu aller Zeit sehr wohl hätte sehen lassen können. So kam er heraus, mit dem Säbel, den Sporen und den kupfernen Absätzen der Überschuhe klappernd, schritt, als ob er große Eile hätte, über den Teppich und schenkte weder mir noch Feofan die geringste Beachtung –

alle Leute betrachteten und bewunderten uns beide, nur er nicht. Wenn also Feofan geschnalzt hatte und ich mich in die Riemen gelegt hatte und wir respektvoll im Schritt vorgefahren waren und angehalten hatten, dann schielte ich nach dem Fürsten hin und schüttelte meinen Vollblutkopf mit dem feinen Haarschopf.

War der Fürst besonders guter Laune, so scherzte er auch zuweilen mit Feofan. Dieser antwortete, indem er seinen schönen Kopf kaum drehte. Dann, ohne die Arme sinken zu lassen, machte er eine fast unmerkliche, aber für mich verständliche Bewegung mit den Zügeln, und eins, zwei, eins, zwei, mit immer längeren Schritten an jedem Muskel zitternd, trabte ich los und schleuderte Schnee und Schmutz unter das Vorderteil des Schlittens. Damals existierte auch noch nicht die heutige dumme Mode ›Oh!‹ zu schreien, als ob dem Kutscher etwas wehtäte, statt des verständlichen ›Heda! Vorgesehen!‹.

›Heda! Vorgesehen!‹ schrie Feofan, und die Leute traten zur Seite und blieben stehen und reckten die Hälse und blickten nach dem schönen Wallach und dem schönen Kutscher und dem schönen Herrn.

Besonderes Vergnügen machte es mir, einen Traber zu überholen. Manchmal, wenn ich und Feofan von Weitem ein Gefährt erblickten, das unserer Anstrengung würdig war, so rückten wir ihm, wie ein Wirbelwind dahinlaufend, allmählich näher und näher. Nun war ich schon, Schmutz gegen die Rückenlehne des Schlittens schleudernd, mit dem Darinsitzenden in einer Linie und schnob über seinem Kopf; nun erreichte ich das Rückenpolster des Pferdes, und das Krummholz, und nun sah ich Schlitten und Pferd nicht mehr und hörte nur von hinten her das immer weiter zurückbleibende Geräusch. Aber der Fürst und Feofan und ich, wir schwiegen alle und taten, als ob wir nur so ganz harmlos dahinführen, nur mit unseren eigenen Angelegenheiten beschäftigt, und als ob wir die mit ruhigeren Pferden bespannten Gefährte, die wir auf dem Wege träfen, überhaupt nicht beachteten. Es machte mir Vergnügen, einen guten Traber zu überholen; aber es machte mir auch Vergnügen, einem solchen zu begegnen. Ein Augenblick, ein Laut, ein Blick, und schon waren wir aneinander vorbei und jagten wieder allein weiter, ein jeder nach seiner Seite…«

Das Tor knarrte; und Nestors und Waskas Stimmen wurden hörbar.

IX.
Die fünfte Nacht

Das Wetter war umgeschlagen. Es war trüb, und am Morgen hatte es nicht getaut; aber es war warm, und die Mücken waren zudringlich. Sobald am Abend die Herde wieder eingetrieben war, sammelten sich die Pferde um den Schecken, und er beendete seine Geschichte folgendermaßen:

»Die glückliche Zeit meines Lebens nahm bald ein Ende. Ich verlebte in dieser Weise nur zwei Jahre. Am Ende des zweiten Winters erlebte ich das freudigste Ereignis meines Lebens, und gleich darauf mein größtes Unglück. Es war in der traditionellen Butterwoche. Ich fuhr den Fürsten zum Trabrennen. An diesem Rennen nahmen die Traber Atlasnü und Bütschok teil. Ich weiß nicht, was die Herren dann im Pavillon machten. Ich weiß nur, dass der Fürst herauskam und seinem Feofan Befehl gab, auf die Rennbahn zu fahren. Ich erinnere mich, wie ich auf die Bahn gelenkt und aufgestellt wurde, und wie mit Atlasnü dasselbe geschah. Atlasnü lief mit einem Rebenreiter, ich aber, so wie ich war, mit dem Stadtschlitten. Bei der Kurve ließ ich ihn hinter mir. Jubelndes Lachen und Ausrufe des Entzückens begrüßten mich.

Als ich umhergeführt wurde, ging ein ganzer Schwarm Menschen hinter mir her. Wohl von fünf Seiten wurden dem Fürsten Tausende für mich geboten. Aber er lachte nur, sodass seine weißen Zähne blitzten.

›Nein‹, sagte er, ›dieses Pferd ist geradezu mein Freund; nicht für Berge von Gold gebe ich es hin. Auf Wiedersehen, meine Herren!‹

Er knöpfte den Schlittenkorb auf und stieg ein.

›Nach der Ostoschenka!‹

Dort wohnte seine Geliebte. Wir flogen dorthin.

Dies war unser letzter glücklicher Tag. Wir kamen bei ihr an. Er hatte sie immer die Seine genannt; aber sie hatte sich in einen anderen verliebt und war mit dem davongefahren. Dies erfuhr er jetzt in ihrer Wohnung. Es war fünf Uhr, und ohne mich ausspannen zu lassen, fuhr er ihr nach. Was sonst noch nie geschehen war: ich wurde mit der Peitsche geschlagen, damit ich Galopp laufen sollte. Zum ersten Mal beggenete es mir, dass ich mit der Gangart nicht sogleich zurechtkam; aber auf einmal hörte ich, wie der Fürst mit ganz entstellter Stimme schrie: ›Hau zu!‹ Die Peitsche pfiff durch die Luft, und ich fühlte den brennenden Schmerz eines furchtbaren Hiebes; ich galoppierte dahin sodass ich mit dem Fuß gegen das Eisen am Vorderteil des Schlittens schlug.

Nach fünfundzwanzig Werst holten wir die Entflohenen ein. Ich hatte ihn zu seinem Ziele gebracht; aber ich zitterte die ganze Nacht und konnte nichts fressen. Am Morgen gab man mir Wasser. Ich trank und hörte für mein lebelang auf, das Pferd zu sein, das ich gewesen war. Ich wurde krank; man quälte mich und machte mich zum Krüppel: kurieren nennen das die Menschen. Die Hufe gingen mir ab, es bildete sich Venenerweiterung, die Beine zogen sich krumm, die Brust versagte, Mattheit und Schwäche zeigten sich im ganzen Körper. Ich wurde an einen Pferdehändler verkauft. Er fütterte mich mit Mohrrüben und mit noch etwas anderem und machte aus mir ein Ding, das mir selbst gar nicht ähnlich war, das aber einen Nichtkenner täuschen konnte. Ich hatte keine Kraft und keinen rechten Gang mehr.

Außerdem quälte mich der Pferdehändler auch dadurch, dass er, sobald Käufer erschienen, in meinen Stand kam, mich mit einer großen Peitsche schlug und so ängstigte, dass er mich geradezu rasend machte. Dann wischte er die Striche, die mein Fell von den Peitschenhieben aufwies, ab und führte mich hinaus.

Von dem Pferdehändler kaufte mich eine alte Dame. Sie fuhr immer zur Kirche des heiligen Nikolaus und lies ihren Kutscher sehr oft durchpeitschen. Der Kutscher weinte häufig in meinem Stande, und ich lernte auf diese Art, dass Tränen einen angenehmen salzigen Geschmack haben. Dann starb die alte Dame. Ihr Gutsverwalter nahm mich aufs Land und verkaufte mich an einen herumziehenden Krämer; da überfraß ich mich an grünem Weizen und wurde noch kränker. Ich wurde an einen Bauern verkauft. Bei dem musste ich den Pflug ziehen, bekam fast nichts zu fressen und er brachte mir mit der Pflugschar eine böse Schnittwunde am Fuß bei. Ich wurde wieder krank. Ein Zigeuner tauschte mich ein. Er peinigte mich furchtbar und verkaufte mich schließlich an den hiesigen Gutsverwalter. So bin ich hierhergekommen…«

Alle schwiegen. Es begann leise zu regnen.

X.

Als die Herde am folgenden Abend nach Hause zurückkehrte, traf sie am Tor den Herrn mit einem Gast. Schulduba, die den anderen voran sich dem Pferdehof näherte, schielte nach den beiden Männergestalten hin: das eine war der junge Gutsherr, mit einem Strohhut auf dem Kopf; das andere ein hochgewachsener, dicker Militär mit aufgedunsenem Gesicht. Die alte Stute warf den beiden einen schrägen Blick zu und ging, den fremden Herrn gegen den Pfosten drängend, vorüber; aber die anderen, jüngeren Tiere wurden unruhig und störrisch, besonders als der Herr und sein Gast gerade mitten unter die Herde traten, einander dies und das zeigten und darüber sprachen.

»Den grauen Apfelschimmel da habe ich von Wojeikow gekauft«, bemerkte der Gutsherr.

»Und diese da, die junge Rappstute mit den weißen Füßen, wo ist die her? Ein hübsches Tier!«, sagte der Gast. So musterten sie noch viele Pferde, indem sie ihnen entgegenliefen und sie zum Stehen brachten. Auch die braune Stute fand Beachtung.

»Die stammt von den Reitpferden in Chrenowoje; von denen ist noch ein Stamm bei mir übrig«, erklärte der Gutsherr.

Sie hatten nicht alle Pferde, während diese vorbeigingen, betrachten können und traten daher noch in den Hof. Der Gutsherr rief Nestor zu, und der Alte kam eilig im Trabe nach vorn geritten, wobei er den Schecken, um ihn anzutreiben, heftig mit den Absätzen in die Seiten stieß. Der Schecke hinkte, da er immer mit dem einen Fuß niederknickte; aber er lief so eifrig, dass man sah, er würde in keinem Fall murren, und wenn man ihm beföhle, so mit Aufbietung aller Kräfte bis ans Ende der Welt zu laufen. Er bekundete sogar seine Bereitwilligkeit, Galopp zu laufen, und setzte dazu mit dem rechten Fuß an.

»Sieh mal, ein besseres Pferd als diese Stute – das kann ich kühn behaupten – gibt es in ganz Russland nicht«, sagte der Gutsherr, auf eine der Stuten weisend. Auch der Gast lobte das Tier. Der Gutsherr ging und lief mit großer Lebhaftigkeit hin und her, zeigte seinem Gast die einzelnen Pferde und erzählte die Geschichte und Abstammung eines jeden von ihnen.

Dem Gast wurde es augenscheinlich langweilig, das Gerede des Gutsherrn anzuhören; er sagte zerstreut »ja, ja«, und zwang sich dazu, ein paar Fragen zu stellen, damit es aussehen sollte, als interessierte er sich für das Gesagte.

»Sieh nur«, sagte der Gutsherr, ohne auf die letzte Frage zu antworten, »diese Beine, sieh nur... Ich habe eine schöne Summe für diese Stute bezahlt; aber ich habe auch schon einen Dreijährigen von ihr, der mit dem Wagen läuft.«

»Läuft er gut?«, fragte der Gast.

So musterten sie fast alle Pferde, und es war schließlich nichts mehr übrig zu zeigen. Beide verstummten.

»Nun, wie ist es? Wollen wir gehen?«

»Ich bin bereit.« Sie gingen ins Tor, um den Pferdehof zu verlassen. Der Gast freute sich, dass die Besichtigung der Pferde ein Ende hatte und er nun in das Herrenhaus gehen konnte, wo es etwas zu essen, zu trinken und zu rauchen geben werde; er wurde sichtlich heiterer. Als er an Nestor vorbeikam, der, weitere Befehle gewärtig, auf dem Schecken saß, klopfte der Gast mit seiner großen, fleischigen Hand dem Schecken auf die Kruppe.

»Sieh, was für ein bunter alter Bursche!«, sagte er. »Ganz ebenso einen Schecken habe ich auch einmal gehabt; ich habe dir davon erzählt, besinnst du dich?«

Als der Gutsherr merkte, dass nicht mehr von seinen eigenen Pferden gesprochen wurde, hörte er nicht weiter zu, wandte sich um und betrachtete noch einmal seine Herde.

Plötzlich hörte er dicht bei seinem Ohr ein töricht klingendes, schwaches, greisenhaftes Wiehern. Es war der Schecke, der zu wiehern angefangen hatte; aber er brachte sein Gewieher nicht zu Ende, sondern brach, wie verlegen, mitten darin ab.

Weder der Gast noch der Gutsherr achteten weiter auf dieses Wiehern; sie gingen zum Herrenhaus. Leinwandmesser hatte in dem alt aussehenden Mann mit dem aufgedunsenen Gesicht seinen ehemaligen geliebten Herren wiedererkannt, den einst so glänzenden, reichen, schönen Fürsten Serpuchowskoi.

XI.

Der Sprühregen dauerte immer noch an. Auf dem Pferdehof sah es trübe und düster aus; ganz anders im Herrschaftsgebäude. In dem prunkvollen Salon war der Tisch für den Abendtee in luxuriöser Weise zurechtgemacht. Am Teetisch saßen der Wirt, die Wirtin und der heute eingetroffene Gast.

Die neben dem Samowar sitzende Wirtin war in andern Umständen, was an ihrem sich hebenden Unterleib, an ihrer geraden, zurückgebogenen Haltung, an ihrer gesamten Körperfülle und namentlich an ihren großen, sanft und würdevoll gleichsam nach innen blickenden Augen sehr deutlich zu merken war.

Der Hausherr hielt in der Hand ein Kistchen besonders guter, zehn Jahre alter Zigarren, wie sie seiner Behauptung nach in gleicher Vortrefflichkeit sonst niemand besaß, und prahlte damit vor dem Gast. Er war ein schöner Mann von etwa fünfundzwanzig Jahren, von frischem Wesen, mit wohlgepflegtem Körper, sorgsam frisiert. Er trug im Haus einen neuen, bequemen, in London gearbeiteten Anzug, alles aus demselben dicken Stoff. An der schweren goldenen Uhrkette hatte er große, wertvolle Schmuckgegenstände hängen. Die großen Hemdknöpfe waren gleichfalls von massivem Gold und mit Schmucksteinen besetzt. Den Bart trug er im Stil von Napoleon III. und die Schnurrbartenden waren so schön pomadisiert und steif gedreht, dass man es in Paris nicht besser hätte zuwege bringen können.

Die Dame trug ein Kleid von Seidenmusselin mit einem Blumenmuster und auf dem Kopf eigentümliche große goldene Haarspangen in dem dichten rötlichen Haar, das, wenn es auch nicht alles ihr eigenes war, doch schön aussah. An den Armen und Fingern trug sie viele Armbänder und Ringe, sämtlich von bedeutendem Wert.

Der Samowar war von Silber, das Teeservice von feinem Porzellan. Ein Diener, der in Frack, weißer Weste und weißer Halsbinde einen großartigen Eindruck machte, stand wie eine Bildsäule an der Tür und harrte der Befehle. Die Möbel waren von gebogenem hellfarbigem Holz, die Tapeten dunkel, großgeblümt. Neben dem Tisch klingelte mit seinem silbernen Halsband ein außerordentlich schlankes Windspiel umher, das einen überaus schwierigen englischen Namen führte, den sie beide falsch aussprachen, weil sie kein Englisch verstanden.

In einer Ecke stand zwischen hohen blühenden Gewächsen ein Fortepiano mit Intarsien auf dem Deckel. Alles machte den Eindruck des Neuen, des Luxus und der Eleganz. Es war alles sehr schön; aber alles trug den besonderen Stempel der Übertreibung, des Prahlens mit dem Reichtum und des Mangels an geistigen Interessen.

Der Hausherr war ein Liebhaber des Trabersports, ein kräftiger, sanguinischer Mann; er gehörte zu der nie aussterbenden Gattung jener Leute, die in Zobelpelzen ausfahren, den Schauspielerinnen teure Blumengebinde zuwerfen, den teuersten Wein, der die neuste Mode ist, in den teuersten Restaurants trinken, bei den Wettrennen Preise mit ihren Namen ansetzen und sich die teuerste Geliebte halten.

Der Gast, Nikita Serpuchowskoi, war ein Mann von ungefähr vierzig Jahren, hochgewachsen, dick und kahlköpfig, mit großem Schnurr- und Backenbart. Er musste früher ein sehr schöner Mann gewesen sein. Jetzt aber war er offenbar in physischer, moralischer und finanzieller Hinsicht arg heruntergekommen.

Er hatte so viele Schulden, dass er sich genötigt sah, in den Staatsdienst zu treten, um nicht in das Schuldgefängnis wandern zu müssen. Er reiste jetzt in die Hauptstadt des Verwaltungsbezirkes, wo er eine Stelle als Gestütsdirektor übernehmen sollte. Diese Stelle hatten ihm hochgestellte Verwandte verschafft.

Er trug eine militärische Litewka und blaue Beinkleider. Beide Kleidungsstücke waren von der Art, wie sie eigentlich nur sehr reiche Leute sich anschafften, ebenso die Wäsche; auch seine Uhr war englisches Fabrikat. Seine Stiefel hatten wunderliche fingerdicke Sohlen.

Nikita Serpuchowskoi hatte in seinem Leben ein Vermögen von zwei Millionen Rubel durchgebracht und war dazu noch hundertundzwanzigtausend Rubel schuldig geblieben. Von einem solchen Kapital bleibt immer noch eine Art von Nachwirkung zurück, die dem Betreffenden Kredit verschafft und ihm die Möglichkeit gewährt, noch etwa zehn Jahre lang fast luxuriös weiterzuleben.

Aber diese zehn Jahre waren nun auch schon vorbei, die Nachwirkung hatte aufgehört, und nun begann für Nikita ein trauriges Leben. Er fing schon an zu trinken, das heißt sich zu berauschen, was früher nicht seine Art gewesen war. Zu trinken, im milderen Sinne, hatte er eigentlich nie angefangen und nie aufgehört. Am deutlichsten aber war sein Niedergang an seinem unruhigen Blick zu erkennen – seine Augen liefen nach allen Seiten umher – und an der mangelnden Festigkeit in seiner Redeweise und in seinen Bewegungen. Diese Unruhe fiel deswegen auf, weil man merkte, dass sie offenbar erst vor Kurzem über ihn gekommen war; denn man sah ihm an, dass er lange Zeit, sein ganzes Leben lang, gewohnt gewesen war, niemanden und nichts zu fürchten, und dass er erst jetzt, erst unlängst, durch schweres Leid zu dieser Ängstlichkeit gekommen war, die so gar nicht in seiner Natur lag.

Der Wirt und die Wirtin bemerkten das und wechselten einen Blick miteinander; augenscheinlich verstanden sie sich wechselseitig und wollten nur eine nähere Erörterung dieses Gegenstandes bis zum Schlafengehen verschieben. Sie ertrugen den armen Nikita mit Geduld und behandelten ihn sogar liebenswürdig.

Der Anblick des Glückes des jungen Gutsherrn wirkte auf Nikita niederdrückend und erweckte in ihm durch die Erinnerung an seine eigene unwiederbringliche Vergangenheit ein schmerzliches Gefühl des Neides.

»Wird Sie eine Zigarre nicht belästigen, Marie?« fragte er in jenem sonderbaren Tone, den man sich nur durch praktische Übung zu eigen machen kann, in jenem höflichen, freundschaftlichen, aber nicht durchaus achtungsvollen Tone, in welchem weltkundige Männer mit ausgehaltenen Damen im Gegensatz zu Ehefrauen sprechen. Nicht dass er die Wirtin hätte kränken wollen; im Gegenteil, er hatte jetzt vielmehr den Wunsch, ihre und des Hausherrn Gunst zu gewinnen, obgleich er das sich selbst um keinen Preis eingestanden hätte. Aber er war es einmal schon gewohnt, mit solchen Damen so zu sprechen. Er wusste, dass sie sich selbst gewundert und es vielleicht sogar als Beleidigung aufgefasst hätte. Außerdem musste er noch eine gewisse Nuance der Ehrerbietung des Tones in Reserve behalten für eine etwaige spätere wirkliche Frau seines Standesgenossen. Er behandelte solche Damen, wie die anwesende, immer respektvoll, aber nicht etwa weil er die sogenannten »Überzeugungen« geteilt hätte, die in den Zeitungen gepredigt werden – derartiges dummes Zeug las er überhaupt niemals –, über die Achtung vor der Persönlichkeit eines jeden Menschen, über die Bedeutungslosigkeit der Ehe und so weiter, sondern weil sich alle anständigen Leute so benehmen und er ein anständiger Mensch war, wenn auch ein heruntergekommener.

Er nahm eine Zigarre. Aber der Hausherr fasste mit einer ungeschickten Bewegung eine ganze Handvoll Zigarren und bot sie dem Gast an.

»Hier, nimm nur! Du wirst sehen, dass sie gut sind. Nimm nur!«

Nikita lehnte die Zigarren mit einer abwehrenden Handbewegung ab, und über seine Augen huschte ein ganz leiser Schimmer, als ob er sich gekränkt fühle und sich schäme.

»Danke.« Er zog seine Zigarrentasche heraus. »Versuche doch einmal meine.«

Die Wirtin hatte ein feines Gefühl. Sie hatte seine Verstimmung bemerkt und beeilte sich, ein Gespräch mit ihm anzuknüpfen.

»Ich habe den Zigarrendampf sehr gern; ich würde selbst rauchen, wenn nicht immer schon alle um mich herum rauchten.«

Sie lächelte ihm mit ihrem schönen, gutmütigen Gesicht zu, und er lächelte zur Erwiderung in seiner unsicheren Art, es fehlten ihm zwei Zähne.

»Nein, nimm doch lieber diese Zigarre!«, fuhr der nicht so feinfühlige Hausherr fort. »Die andern da sind leichter. Fritz, bringen Sie noch eine Kiste«, sagte er auf Deutsch zu dem Diener, »dort stehen zwei«.

Der deutsche Diener brachte noch eine andere Kiste.

»Was für eine Sorte rauchst du am liebsten? Große, kräftige? Diese hier sind sehr gut. Nimm sie dir doch alle!«, fuhr er fort und schob sie ihm hin.

Er war offenbar froh, dass er jemanden hatte, dem gegenüber er mit seinen Kostbarkeiten prahlen konnte, und merkte nichts. Serpuchowskoi zündete sich eine Zigarre an und beeilte sich, das vorher begonnene Gespräch fortzusetzen.

»Also wie viel hast du für Atlasnaja gegeben?«, fragte er.

»Eine gehörige Summe, ganze fünftausend Rubel. Aber wenigstens habe ich schon meine Sicherstellung. Das ist eine Nachkommenschaft, sage ich dir!«

»Laufen sie mit dem Wagen?«, fragte Serpuchowskoi.

»Ja, und ganz ausgezeichnet. Ein Sohn von Atlasnaja hat neulich drei Preise gewonnen: in Tula, in Moskau und in Petersburg. Er lief mit Wojeikows Rappen Woron.«

»Der ist etwas feucht. Stark holländisch, kann ich dir sagen«, bemerkte Serpuchowskoi.

»Na, und was ich auch für die Mutterpferde gegeben habe! Ich werde sie dir morgen genauer zeigen. Für Dobrünja habe ich dreitausend Rubel gegeben; für Laskowaja zweitausend.«

Und wieder begann der Hausherr seine kostbaren Besitztümer aufzuzählen. Die Dame sah, dass dies dem Gast unangenehm war und er nur mit erheuchelter Aufmerksamkeit zuhörte.

»Trinken Sie noch Tee?«, fragte sie den Hausherrn.

»Nein«, erwiderte dieser und fuhr in seiner Erzählung fort. Sie erhob sich; der Hausherr hielt sie zurück, umarmte und küsste sie.

Serpuchowskoi verzog bei diesem Anblick sein Gesicht aus Höflichkeit zu einem Lächeln, einem gezwungenen Lächeln; aber als der Hausherr aufstand, die Dame umschlang und so mit ihr bis an den Türvorhang ging, da veränderte sich Nikitas Miene plötzlich; er seufzte schwer auf, und auf seinem aufgedunsenen Gesicht malte sich auf einmal die reine Verzweiflung. Ja sogar ein Ausdruck von grimmiger Wut lag darin.

Der Hausherr kehrte zurück und setzte sich lächelnd Nikita gegenüber. Beide schwiegen.

XII.

»Ja, du sagtest, du hättest von Wojeikow Pferde gekauft«, sagte Serpuchowskoi in lässigem Ton.

»Ja, ich habe dir ja gesagt: Atlasnaja habe ich von dem gekauft. Ich hätte gern Stuten von Dubowizki gekauft. Aber es war nur noch schlechtes Zeug übrig.«

»Der ist verkracht«, sagte Serpuchowskoi, stockte aber plötzlich und sah sich um. Es war ihm eingefallen, dass er diesem Verkrachten zwanzigtausend Rubel schuldete, und dass wenn man jemanden »verkracht« nennen wollte, diese Bezeichnung ganz besonders für ihn selbst zutraf. Er lachte auf.

Wieder schwiegen beide längere Zeit. Der Hausherr überdachte im Kopf seine Besitztümer, um noch etwas auszusuchen, womit er vor seinem Gast prahlen könne; Serpuchowskoi aber sann darüber nach, womit er wohl zeigen könne, dass er sich nicht für verkracht halte. Aber bei beiden arbeitete der Denkapparat träge, obgleich sie sich durch die Zigarren aufzumuntern suchten.

»Nun, wann wird es denn etwas zu trinken geben?«, dachte Serpuchowskoi.

»Wir müssen notwendig trinken, sonst stirbt man ja in seiner Gesellschaft vor Langeweile«, dachte der Hausherr.

»Also, wie denkst du denn? Wirst du noch lange auf dem Gut bleiben?«, fragte Serpuchowskoi.

»Etwa noch einen Monat. Wie ist es? Wollen wir Abendbrot essen? Fritz, ist alles bereit?«

Sie gingen in das Speisezimmer. Dort stand unter der Lampe ein Tisch, mit Kerzen und allerlei ungewöhnlichen Sachen besetzt: da waren Siphons, und Pfropfen mit Püppchen darauf, und auserlesener Wein in Karaffen, und auserlesene kalte Speisen und Schnaps. Sie tranken, sie aßen, sie tranken wieder, sie aßen wieder, und es kam ein Gespräch in Gang. Serpuchowskoi war ganz rot im Gesicht geworden und redete nun ohne seine sonstige Schüchternheit.

Sie sprachen von Weibern; was für eine sich dieser und jener gehalten hatte: eine Zigeunerin, eine Tänzerin, eine Französin.

»Na, und du hast damals der Mathieu den Laufpass gegeben?«, fragte der Hausherr.

So hatte die Geliebte geheißen, welche Serpuchowskois Ruin geworden war.

»Nicht ich ihr, sondern sie mir. Ach, Bruder, wenn ich so daran denke, was ich in meinem Leben für Geld verschwendet habe! Jetzt bin ich wahrhaftig froh, wenn ich tausend Rubel auftreibe, und bin froh, wenn ich von allen Menschen weit weg bin, wahrhaftig. In Moskau zu leben ist mir geradezu unmöglich. Ach, wozu noch davon reden!«

Dem Hausherrn war es langweilig, seinem Gast zuzuhören. Er wollte von sich sprechen und prahlen. Serpuchowskoi aber wollte auch von sich sprechen, nämlich von seiner glänzenden Vergangenheit. Der Hausherr goss ihm Wein ein und wartete nur darauf, dass der andere aufhören möchte zu reden, um ihm dann von sich zu erzählen, welche Einrichtungen er jetzt in seinem Gestüt getroffen habe, Einrichtungen, wie sie noch nie jemand gehabt habe, und dass seine Marie ihn nicht nur um des Geldes willen liebe, sondern wirklich von Herzen.

»Ich wollte dir noch sagen, dass in meinem Gestüt…« begann er. Aber Serpuchowskoi unterbrach ihn.

»Es gab eine Zeit, kann ich dir sagen«, fing er an, »wo ich gern lebte und zu leben verstand. Du sprachst da vom Fahren; nun, dann sag doch mal, welches ist denn dein schnellstes Pferd?«

Der Hausherr war froh über die Möglichkeit, von seinem Gestüt weitererzählen zu können, und wollte schon damit anfangen; aber Serpuchowskoi unterbrach ihn von neuem.

»Ja, ja«, sagte er. »Ihr Gestütsbesitzer tut alles ja nur aus Eitelkeit, nicht um des wahren Vergnügens willen, nicht für das praktische Leben. Bei mir war das anders. Ich habe dir heute schon gesagt, dass ich ein Wagenpferd hatte, einen Schecken, gerade so einen wie der, auf dem dein Pferdehüter reitet. Ach, das war mal ein Pferd! Du kannst es nicht gekannt haben; es war im Jahr 42; ich war eben nach Moskau gekommen, da ging ich zu einem Pferdehändler und sah einen scheckigen Wallach. Schön proportioniert! Er gefiel mir. ›Preis?‹ Tausend Rubel. Er gefiel mir, ich nahm ihn und fuhr mit ihm. Ein solches Pferd habe ich nie wieder gehabt, und auch du hast kein solches, und es wird so ein Pferd nie wieder geben. Ich habe nie ein besseres Pferd gekannt, was Gang und Kraft und Schönheit anlangt. Du warst damals ein Knabe und kannst es nicht gekannt haben; aber ich denke mir, du hast von ihm gehört. Ganz Moskau kannte das Tier.«

»Ja, ich habe von ihm gehört«, erwiderte der Hausherr missmutig. »Aber ich wollte dir von meinen…«

»Also du hast von ihm gehört. Ich hatte ihn ja so ohne alles gekauft, ohne Stammbaum und ohne Zeugnisse; erst später erfuhr ich, wie es damit stand. Wojeikow und ich, wir haben es herausgefunden. Er war ein Sohn von Ljubesnü I. und hieß Leinwandmesser, weil er so lief, wie wenn einer Leinwand misst. Wegen seiner Buntscheckigkeit hatte man ihn auf dem Gestüt in Chrenowoje dem Stallmeister gegeben, und der hatte ihn kastrieren lassen und an den Pferdehändler verkauft. Solche Pferde gibt es jetzt gar nicht mehr, lieber Freund. Ach, das war eine schöne Zeit! ›O du goldene Jugendzeit!‹«, sang er aus einem bekannten Zigeunerlied. Er begann betrunken zu werden. »Ja, das war eine schöne Zeit! Ich war fünfundzwanzig Jahre alt, ich hatte achtzigtausend Rubel jährliches Einkommen, noch kein einziges graues Haar, sämtliche Zähne, wie Perlen. Was ich anpackte, gelang mir... Und nun ist alles zu Ende...«

»Aber Pferde mit solchem Feuer gab es damals nicht«, sagte der Hausherr, indem er sich die Unterbrechung zunutze machte. »Ich sage dir, meine ersten Pferde gingen ohne...«

»Ach was, deine Pferde! Damals gab es feurigere...«

»Das kann ich kaum glauben.«

»Doch, doch! Ich erinnere mich, als ob es heute gewesen wäre, wie ich einmal in Moskau zu einem Trabrennen fuhr; vor meinem Schlitten hatte ich den Schecken. Eigene Pferde von mir liefen nicht. Ich liebte Traber nicht; aber ich hielt mir Vollblutpferde: General Cholet, Mahomet. Also ich fuhr mit dem Schecken. Mein Kutscher war ein prächtiger Bursche; ich hatte ihn sehr gern. Er hat sich auch dem Suff ergeben. Also ich kam an. ›Serpuchowskoi‹, sagten da ein paar Bekannte zu mir, ›wann wirst du dir denn Traber anschaffen?‹ – ›Ach, eure Bauernpferde‹, antwortete ich, ›mag der Teufel holen. Der Schecke, den ich vor meinem Schlitten habe, überholt eure Pferde alle.‹ – ›Das würde ihm nun doch nicht gelingen.‹ – ›Ich wette auf tausend Rubel.‹ Sie waren Feuer und Flamme; wir ließen die Pferde laufen. In fünf Sekunden war meiner weit voran; ich hatte tausend Rubel gewonnen. Und was sagst du dazu? Ich bin mit Vollblutpferden vor einem Dreigespann hundert Werst in drei Stunden gefahren. Ganz Moskau weiß es.«

Und Serpuchowskoi schwatzte so geläufig und ununterbrochen weiter, dass der Hausherr nicht ein einziges Wort dazwischenreden konnte und ihm mit trübseligem Gesicht gegenüber saß; er konnte sich nur damit zerstreuen, dass er sich und ihm Wein in die Gläser goss.

Der Tag fing schon an zu dämmern; aber sie saßen immer noch da. Der Hausherr langweilte sich schrecklich. Er stand auf.

»Na, wenn wir schlafen gehen wollen, meinetwegen!«, sagte Serpuchowskoi, erhob sich und ging schwankend und schwer atmend nach dem ihm angewiesenen Zimmer...

Der Hausherr lag bei seiner Geliebten. »Nein, es ist ein unerträglicher Mensch. Betrinkt sich und schwatzt ohne Unterbrechung.«

»Und mir macht er den Hof.«

»Ich fürchte, er wird mich anpumpen wollen.«

Serpuchowskoi lag unausgekleidet auf dem Bett und keuchte.

»Ich glaube, ich habe viel zusammengeschwatzt«, dachte er. »Na, ganz egal! Der Wein war gut; aber der Kerl ist ein großer Lump. Eine Krämerseele. Und ich bin auch ein großer Lump!«, sagte er zu sich selbst und lachte auf. »Ehemals habe ich Frauenzimmer ausgehalten, und jetzt halten sie mich aus. Ja, die Frau vom Winkler hält mich aus; ich nehme Geld von ihr an. Und es ist auch ganz in der Ordnung so. Aber ich muss mich ausziehen. Die Stiefel kriege ich nicht aus. Heda! Heda!«, rief er, aber der ihm zugewiesene Diener war schon längst schlafen gegangen.

Er setzte sich hin und zog die Jacke und die Weste aus; auch die Hosen trat er sich mit einiger Mühe von den Beinen herunter. Aber die Stiefel vermochte er lange nicht auszuziehen; sein weicher Bauch war ihm hinderlich. Mit Not und Mühe bekam er den einen aus; aber mit dem andern quälte er sich lange vergebens ab; schließlich war er ganz erschöpft und außer Atem. Und so warf er sich denn, mit dem einen Fuß noch im Stiefelschaft, auf das Bett nieder, begann zu schnarchen und erfüllte das ganze Zimmer mit dem Geruch von Tabak, Wein und greisenhafter Unsauberkeit.

XIII.

Wenn Leinwandmesser in dieser Nacht wieder seinen Erinnerungen nachhängen wollte, so riss ihn Waska aus solchen Gedanken heraus. Er warf ihm eine Decke über und sprengte auf ihm davon. Bis zum Morgen ließ er ihn vor der Tür der Schenke neben einem Bauernpferd stehen. Sie beleckten sich gegenseitig. Am Morgen kam Leinwandmesser wieder zur Herde und kratze sich unaufhörlich.

»Da juckt es mich ja ganz schmerzhaft«, dachte er.

So vergingen fünf Tage. Der Rossarzt wurde gerufen. Der sagte höchst vergnügt: »Das ist die Räude. Verkaufen Sie ihn an die Zigeuner.«

»Wozu? Dann mag er lieber abgestochen werden, aber schnell, damit er einem bald aus den Augen kommt.«

Es war ein stiller, klarer Morgen. Die Herde war auf das Feld gegangen; Leinwandmesser war zu Hause geblieben. Da kam ein sonderbarer, hagerer, schwarzhaariger, schmutziger Mann, dessen Rock ganz mit etwas Schwarzem bespritzt war. Das war der Abdecker. Er ergriff, ohne den Schecken anzusehen, den Riemen des Halfters, das man ihm angelegt hatte, und führte ihn weg. Leinwandmesser ging ruhig mit, ohne sich umzusehen; wie immer schleppte er die Beine nur mühsam weiter und verwickelte sich mit den Hinterfüßen im Stroh.

Als er aus dem Tor herauskam, streckte er den Hals nach dem Brunnen hin; aber der Abdecker zog ihn fort und sagte: »Das hat keinen Zweck.«

Der Abdecker und Waska, der ihm folgte, gingen nach einer kleinen Talmulde hinter dem Ziegelschuppen und machten da halt, als ob an diesem ganz gewöhnlichen Ort etwas Besonderes wäre. Der Abdecker übergab Waska das Halfter, zog sich den

Rock aus, streifte die Hemdsärmel auf und holte aus dem Stiefelschaft ein Messer und einen Schleifstein hervor. Der Wallach reckte den Kopf nach dem Riemen hin; er wollte aus Langeweile daran kauen; aber er konnte ihn nicht erreichen. Er seufzte und schloss die Augen. Seine Unterlippe hing herab, sodass die abgenutzten gelben Zähne sichtbar wurden, und er schlummerte bei dem Geräusch des Messerwetzens ein. Nur das kranke Bein mit der Beule, das er seitwärts herausgestellt hatte, zuckte mitunter. Plötzlich fühlte er, dass ihn jemand unter den Unterkiefer fasste und ihm den Kopf in die Höhe hob. Er öffnete die Augen. Vor ihm befanden sich zwei Hunde. Der eine schnupperte nach dem Abdecker hin; der andere saß da und blickte den Wallach an, als ob er gerade von diesem etwas erwartete. Der Wallach sah sie an und rieb sich mit dem Backenknochen an der Hand, die ihn hielt.

»Sie wollen mich gewiss wieder kurieren«, dachte er. »Nun, meinetwegen!« Und wirklich fühlte er, dass etwas mit seiner Kehle vorgenommen wurde. Er empfand einen Schmerz, zuckte zusammen, schlenkerte mit einem Bein; aber er hielt sich aufrecht und wartete, was nun weiter kommen werde. Was weiter kam, war, dass ihm etwas Flüssiges in großem Strom über den Hals und die Brust lief. Er seufzte so tief, dass sich sein ganzer Leib bewegte. Und es wurde ihm leichter und leichter.

Der ganze schwere Druck des Lebens war von ihm genommen! Er schloss die Augen und neigte den Kopf – niemand hielt ihn ihm fest. Dann begannen seine Beine zu zittern, der ganze Körper zu schwanken. Er war darüber nicht so sehr erschrocken, als vielmehr verwundert...

Alles war ihm so neu. Er wunderte sich und machte eine krampfhafte Bewegung nach vorn, nach oben... Aber vergebens; die Beine verschoben sich zwar von ihrer Stelle, versagten aber dann den Dienst; er neigte sich zur Seite, und als er die Füße anders zu setzen versuchte, fiel er nach vorn und auf die linke Seite nieder.

Der Abdecker wartete, bis die Zuckungen aufgehört hatten und jagte die Hunde weg, die näher herangerückt waren.

Dann ergriff er den Wallach an den Beinen, drehte ihn auf den Rücken, befahl Waska, das eine Bein festzuhalten und machte sich daran, das Fell abzuziehen.

»Es war ein ganz brauchbares Pferd«, bemerkte Waska.

»Wenn das Tier nur nicht so abgemagert wäre, dann wäre das Fell ganz gut«, sagte der Abdecker.

Die Herde kam am Abend auf der Anhöhe vorüber, und diejenigen Tiere, die am linken Rande der Herde gingen, sahen unten etwas Rotes, womit sich die Hunde eifrig zu schaffen machten; darüber flogen Krähen und Geier. Der eine Hund hatte die Vorderbeine gegen den Kadaver gestemmt und riss mit dem Kopf hin und her schlagend, das, was er gepackt hatte, mit hörbarem Geräusche ab. Die braune Stute blieb stehen, streckte den Kopf und den Hals aus und zog lange die Luft ein. Nur mit Mühe konnte sie weitergetrieben werden.

In dem alten Wald, unten in einer dicht mit Gestrüpp bewachsenen Schlucht, heulten zur Zeit des Morgengrauens auf einer kleinen freien Stelle vergnügt etliche großköpfige junge Wölfe. Es waren ihrer fünf: vier fast gleich große und ein kleiner, bei dem der Kopf größer war als der Rumpf. Eine magere im Haaren begriffene Wölfin, die ihren vollen Bauch mit den herabhängenden Zitzen an der Erde hinschleppte, kam aus dem Gebüsch heraus und setzte sich den jungen Wölfen gegenüber hin. Diese standen im Halbkreis vor ihr. Sie trat zu dem kleinsten, ließ den Schwanz tief hängen, beugte die Schnauze hinab, und indem sie dann einige krampfhafte Bewegungen machte und den mit spitzen Zähnen besetzten Rachen öffnete, warf sie mit starker Anstrengung ein großes Stück Pferdefleisch aus. Die größeren Wölfchen drängten sich an sie heran; aber sie wandte sich drohend gehen sie und ließ alles dem kleinsten zukommen. Dieser zog, wie in Wut, knurrend das Fleischstück unter sich herunter und begann zu fressen. Ebenso spie die Wölfin auch dem zweiten, dem dritten und allen fünfen Fleisch hin und streckte sich dann ihnen gegenüber auf die Erde um sich zu erholen.

Eine Woche darauf lagen bei dem Ziegelschuppen nur noch der große Schädel und zwei Schenkelknochen; alles Übrige war hierhin und dorthin verschleppt. Im Sommer nahm ein Bauer, welcher Knochen sammelte, auch diese Schenkelknochen und den Schädel mit fort und verkaufte sie.

Bedeutend später wurde Serpuchowskoi, der schon zu Lebzeiten wie ein toter Leib in dieser Welt herumgewandelt war und gegessen und getrunken hatte, der Erde übergeben. Weder seine Haut noch sein Fleisch noch seine Knochen waren zu irgendetwas nütze.

Und wie schon zwanzig Jahre lang sein in dieser Welt herumwandelnder toter Leib allen eine große Last gewesen war, so war auch seine Beerdigung für die Menschen nur eine überflüssige Mühe. Seit langer Zeit hatte niemand mehr von diesem Mann irgendwelchen Nutzen gehabt, allen war er schon längst zur Last geworden; aber trotzdem fanden die Toten, die die Toten begraben, es nötig, diesen sogleich in Fäulnis übergehenden, aufgedunsenen Leib mit einer schönen Uniform zu bekleiden, ihm schöne Stiefel anzuziehen, ihn in einen schönen neuen Sarg mit neuen Quasten an den vier Ecken zu legen, dann diesen neuen Sarg in einen anderen, bleiernen Sarg zu stellen, ihn nach Moskau zu bringen, dort menschliche Gebeine, die vor langer Zeit begraben waren, wieder auszugraben, an eben dieser Stelle diesen faulenden, von Würmern wimmelnden Leib in der neuen Uniform und mit den sauber geputzten Stiefeln zu verbergen und alles mit Erde zuzuschütten.